U0108331

# 我的第一本
# 親子英文文法

## MY FIRST ENGLISH GRAMMAR

# 用故事學英文文法一輩子不會忘
# 還能讓「英語力、品格力、親子關係」同步提升！

　　現在的孩子學習英文的年齡比父母親的年代提早了許多，幾乎所有小朋友都上過雙語幼兒園或英語補習班。回到家中，父母常有這樣的問題「我該如何幫助孩子在家學習英文？」其實「最能讓孩子產生興趣的學習方式，才是最好的學習方法」喔！

　　本書先用中文講述《木偶奇遇記》《綠野仙蹤》等童話故事的某段情節來吸引孩子注意，讓爸爸媽媽在說故事的同時自然地把關鍵字、主題句以及文法重點帶入，讓孩子「聽到故事就能記住關鍵字，想到關鍵字就能記住重點句，想到重點句就能記住該句的文法運用」最後讓孩子動筆製作自己的「中英文字典」，貫徹兒童「先聽、說，後讀、寫」的順序。父母親就能輕鬆在家教小朋友英文囉！

**Story**

**故事引導**

**▶▶先用故事吸引小朋友**
（請搭配MP3進行）

　　說故事是最吸引小朋友的教育方式，家長與老師可以利用本書每個世界名著來引發孩子的興趣，藉此增進親子及師生感情，透過講述故事寓意，培養小朋友專注於故事的能力，再自然地引導出今天要學習的主題句及關鍵字。

**▼**

**Step**

**1**

**▶▶這句中文的英文怎麼說**—用中文來掌握英文
（請搭配MP3進行）

> 這句中文的英文怎麼說？
> ## 太陽 / 讓 / 石頭 / 熱得跳起舞來

　　以中英文逐字分解對照，讓小朋友直接感覺兩種語言的差異性，訓練孩子的「雙語直覺反射」，使小朋友能夠輕鬆的做雙語切換，而非過去機械化的「文法推裡式」轉換。

▶▶由關鍵字帶出的句型大變身—一句話變身100句
（請配合MP3進行）

由關鍵字dance帶出的句型大變身

**主詞 + make + 某人、某物 + 動詞原形**

某人　　　…讓某人、　某物　　　做某件事

　　　如同「學造句」的練習，利用主題句的基本架構，替換掉部分的單字轉變成表達其他意義的句子。當小朋友可以說出整句時，就可以常跟小朋友做這種代換練習的遊戲。

▶▶關鍵文法分解與代換練習—掌握文法，你就是英文超人（請配合MP3進行）

今天的文法&代換練習

The sun makes the rocks dance in the heat.

　　　一個蘿蔔一個坑的中英文「雙語直覺反射訓練」雖然可以提升口說及雙語的切換速度，但所能夠學習的範圍有限，而且基礎也不穩固，所以大一點的孩子還是要搭配文法學習，以作為英文延伸學習的基礎，父母親及老師也能以此單元複習自己以前學過的文法，進而指導小朋友。

▶▶製作自己的中英字典—自己決定想多學哪些單字
（請配合MP3進行）

用關鍵字製作自己的中英字典

☞《森林王子》的關鍵字是？ dance

☞關鍵句是？

The sun makes the rocks dance in the heat.

　　　當小朋友可以自己查找字典及書寫英文字母後，就可以請小朋友按照自己的喜好查出他想知道的英文單字，並填入每課的主題句型中，這樣小朋友就可以藉由「答案探索」的過程牢牢記住本課內容。

## ▶▶ 舉一反十！單字連鎖記憶法

利用每課其中的一個單字，以故事方式串連其他相關單字來連鎖記憶，大一點的小朋友可以自己閱讀，小一點的小朋友則可以由父母親看過後，進行「說故事教學」。本單元也可以做為指導小孩英文的「私房祕招」，適時的提供小朋友輕鬆記更多單字的方法，讓小朋友用崇拜的眼神看著爸爸媽媽喔！

> BONUS! 舉一反十！單字連鎖記憶法！
>
> 把 make 的第一個字母，按英文字母的順序來代換看看吧！
> bake 就是「烤麵包」，cake 則是「蛋糕」，fake 表示「虛假的」，例如 fake diamond 是「假鑽石」。lake 是漂亮的「湖」，rake 則是「耙子」，秋天樹下掃落葉的時候，用耙子來收集落葉。take 是「花時間」，還有「帶領別人去…」的意思，是非常重要的動詞。wake 則有起床的意思。
>
> | bake - cake - fake - lake - make - rake - take - wake |
> | 烤麵包 蛋糕 虛假的 湖 使…做某事 耙子 花時間 起床 |

## ▶▶ 挑戰！記住本書 23 個句子

幫助小朋友先利用字母來聯想關鍵字，再由關鍵字來聯想主題句，並且一個單元一個單元不斷的反覆累積記憶，保證可以一輩子不忘，永遠記住。

挑戰！ 記住本書23句 用英文字母的提示將前一課的關鍵字和句子默寫出來吧！

| 英文字母 | 關鍵字 | 句子 |
|---|---|---|
| a | | |
| b | | |

## ▶▶ 劇場式故事錄音，用聽的也能輕鬆學文法

平日忙碌工作的父母，有時難免會無法親自為小朋友講故事，在提倡「親子共讀」的時代，為了解決這樣的狀況，本書特別貼心為各位家長與老師準備了 MP3 檔案，內容皆以說故事的方式錄製，輕鬆生動的語調，可讓孩子更容易進入英語學習的核心，學好文法。此外，每個單元皆依按照檔案分開，家長可以根據小朋友的年齡及學習狀況來選擇適合聆聽的內容。

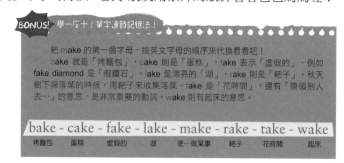

Page.1
我的第一本
親子英文文法
MY FIRST ENGLISH GRAMMAR
MP3 光碟

國際學村

# 超神奇！本書可以邊聽故事邊學文法！

## 同時輕鬆記住英文單字、句子與文法概念

各位大朋友、小朋友！你們是不是「真的」、「真的」很想學好英文呢？現在，你們只要用「獲得專利的英語學習法」就能輕鬆學好英文喔！這個得到專利的英語學習法，真的很神奇哦！

大家可以看看我們喝飲料時使用的吸管，有一種吸管你一定看過，就是一種把頂端折彎、讓人可以方便喝飲料的吸管。像這樣的東西就是一項專利唷！也可以說，專利就是將在我們生活裡不便的事物，轉換成便利方法的一種技術。

所以本書也是將我們學習英文時，感到不方便、困難的地方，轉換成更簡單、更有趣的方式來學習，也因此才能獲得國家的專利證書喔！而從現在開始，我們將把這個「有專利的英語學習法」完全活用在本書當中。

### 1 跟著本書的學習法可以更有效的學英文！

學習英文時，讓我們感到不方便和困難的地方是什麼呢？跟著下面的內容，和老師一起回想一下吧！

| | |
|---|---|
| 困難點 1 | 學習英文後，用在日常生活的機會並不多。 |
| 困難點 2 | 用英文說話時，無法熟練到不看書，直接說出來的程度。 |

不論這兩種狀況是不是就是你碰到的困難點，這兩種狀況，的確是一般人學習英文時最普遍的問題。

那麼，讓我們一起仔細地探討這兩個問題。要仔細了解問題出在哪裡，才能幫助自己找出學好英文的方法！

你是否發覺：在學校或補習班學到的英文，在日常生活中幾乎使用不到，學到的英文用法在一段時間後，連一個也記不起來了！想必很多人都有過這樣的經驗吧！

我們每天都在學習英文，隨著時間的增加，學習了無數的單字和句子，但會記憶在腦海中的，卻只有經常使用的某幾種句子，其餘的卻是一個也想不起來，令人感到沮喪卻又束手無策。

因此，我們需要這本書獨特的學習方法！

而且，在和外國人用英語對話時，大多是直接開口而沒有機會查看書籍的。但明明會用的句子卻怎麼樣都派不上用場，只好「Yes, Yes」、「No, No」混過去，等回家把書打開來，只能捶胸頓足地懊惱：「對啊！就是這麼說的嘛！怎麼看著書都會，把書闔起來都不會了呢？」

大家看著書上的句子都知道要如何來進行對話，但闔上書本回想自己學過的內容時，實在是講不出正確完整的句子。那是因為我們平常沒有訓練自己不看書而直接對話的能力。

不用擔心！關於這個問題，利用本書是可以獲得解決的喔！

好！那麼，讓我們跟著本書輕鬆地來解決這兩種問題吧！並且為了讓英文程度突飛猛進，我們要訂立以下兩個目標！

目標1　不看英文學習書，訓練自己說英文！

目標2　學到的句子，從頭到尾都不要看，全部再說一次吧！

這兩個目標看起來好像很難，對吧？

但拿破崙曾經說過：「我的字典裡沒有"不可能"！」所以，小朋友們一定要有信心喔！相信這本書一定可以幫助你更有效地學英文、也更懂得如何運用它。

## 2 本書的「專利學習法」是運用什麼原理呢？

到底要怎麼做，才能不看書來訓練自己呢？

大家都很想知道吧！

為了說明這個訓練方法，請大家先看下面的 5 個例句。它們全都是出現在知名電影裡的句子。在這裡，我特地混合列舉了短句與長句。

· **I saw a dragon.**

在電影「尼魔島」中，觀光客與來到島上的少年往上看，看到蜥蜴從上面掉下來時，少年所說的話。

· **Let the tournament begin.**

在電影「功夫熊貓」影片的前半部，武術大會開始時出現的句子。

· **Here is a bee in the car.**

在電影「蜂電影」中，來到人類世界的蜜蜂，進到車子裡面出現的話。

· **I will return here tomorrow night with high expectation.**

在電影「料理鼠王」中，難纏的美食評論家打算明天再來評論美食時所說出的話。

· **The doctor said it was an accident.**

在電影「蜘蛛人3」中，為了說明蜘蛛人的叔叔不是被殺害，而是意外死亡而出現的話。

好！那麼這些句子要怎麼記呢？

句子可是會一百個、一千個地愈變愈多，但這五個句子，卻能說明所有記憶句子的原理哦！因此，請大家千萬別小看它們！

　　在一般情況下，我們都是按照句子順序來記憶的吧？但這麼做的話，之後想要回想句子時就會記不太起來。因此，我們需要全新的記憶法！

　　我們從剛剛聽到的句子中，挑一個單字出來試試看！

---

- dragon - I saw a *dragon*.
　　　　（我看到了一隻龍。）

- begin - Let the tournament *begin*.
　　　　（比賽開始！）

- car - Here is a bee in the *car*.
　　　　（車子裡有一隻蜜蜂。）

- expectation - I will return here tomorrow night with high *expectation*.

　　　　　　（明天晚上，我會抱著高度的期待再回來這裡。）

- accident - The doctor said it was an *accident*.
　　　　（醫生說這是件意外。）

---

　　五個句子裡所挑出的某一個單字，就叫做 Keyword（關鍵字）。

　　因此，我們把 dragon、begin、car、expectation、accident 這些字看成是關鍵字，試著把這些關鍵字按照「英文字母的順序」排列看看！

- accident - **The doctor said it was an _accident_.**

（醫生說這是件意外。）

- begin - **Let the tournament _begin_.**

（比賽開始！）

- car - **Here is a bee in the _car_.**

（車子裡有一隻蜜蜂。）

- dragon - **I saw a _dragon_.**

（我看到了一隻龍。）

- expectation - **I will return here tomorrow night with high _expectation_.**

（明天晚上，我會抱著高度的期待再回來這裡。）

好！那麼現在不看這五個句子，也能夠記住它們對吧！

因為我們把關鍵字用英文字母的順序排列，所以記完關鍵字後，就可以試著說出句子了。也就是說，記住 accident 然後說出句子；因為 a 之後就是 b，記住 begin 然後說出句子；然後 b 後面是 c，記住 car 然後說出句子；c 後面又是 d，記住 dragon 然後說出句子；在 d 後面就是 e 了，記住 expectation 然後說出句子。這樣的話，即使不看這五個句子；也可以全部說出來哦！

用這個方法，不管是一百個還是一千個句子，全部記起來就不難了！而且，只要腦海中有許多英文句子，我們就能擁有最高水準的英文能力，也能輕鬆應用在會話、閱讀或寫作上面喔！

就像這樣，把關鍵的單字按照英文字母的順序排列，然後再記句子，那麼就算不依賴書本，也可以直接說出英文句哦！在本書大家將會體驗到

奇妙又驚人的事實：你們即使沒有看過本書所介紹的世界名著，也能將名著中的英文句子朗朗上口呢！

# 3 若是如此，直接記憶句子的話，有什麼樣的好處呢？

### 好處1 了解句子，就能了解文法

倘若句子可以熟記到不看書就說得出來，那我們只要回想句子裡的一個字，就可以熟悉文法了。舉第一句的例子吧！在想起句子之前，是不是先想起關鍵字了呢？沒忘記，對吧？

首先，腦袋裡先浮現 accident 這個字然後就說出「The doctor said it was an accident.」在這句當中的 accidnet，醫生說的是過去已發生的事，意外也是過去就發生了，所以用了兩個過去式動詞 said 和 was。在文法上來說，這就叫做「時態的一致」。

我們已經學過很多文法觀念，但就算如此，因為沒有背句子，文法就沒辦法正確地在腦海浮現。反過來說，我們只要了解句子，那麼這句子中出現的文法，也就會自然而然地被理解。所以，不用刻意學習文法，也能將它們儲存在我們的腦袋裡面哦！

### 好處2 了解句子裡的文法，用新的句子訓練我們的文法觀念，接下來就可以訓練說英文了。

以 "accident" 作為關鍵字的句子裡，如果我們了解「時態的一致」，就算是學新的句子，也可以訓練「文法觀念和口說」的部分。那是因為句子已在你的腦袋裡，只要換掉一些單字，就能成為全新的句子了。

原來的句子 **The doctor said it was an accident.**

代換後的句子❶ **The teacher said it was a rabbit.**

（老師說這是隻兔子。）

代換後的句子❷ **The boy said it was an island.**

（男孩說這是個島。）

同理，"said" 也可以用其他的單字來代換喔！

原來的句子 **The doctor said it was an accident.**

代換後的句子❶ **The girl thought it was a bird.**

（女孩以為這是隻鳥。）

代換後的句子❷ **The thief believed that it was a treasure.**

（小偷相信這是件寶物。）

大家覺得如何呢？

我們只用一句話來記憶，只是換了幾個單字而已，不但可以復習學到的文法，更可以造出無數的句子出來，大家了解了吧！

以前，我們都只是死記別人寫出來的句子，現在開始，我們要正確地「理解」直接造句的方法，並且能夠將它「表現」出來。如果記起來的句子能夠放在腦海裡面，我們將能夠輕易體會它的強大力量。

老師所教的學生裡，大部分都是中下程度的，但自從他們跟著本書的方法學習之後，不但找回了自信，並且比以前更用功地學習英文。一開始，大家對於「不看書」的學習方法感到很不習慣，但是這個方法能將一句話做無數次的「口說練習」，後來同學們都沒有出現別的困難，開始自

己造句，並開啟了隨之而來的自信心，而更加愉快地學習英文。

**好處3** 能夠活用零碎的時間

學習，就是和時間打仗！如何活用零碎的時間是很重要的事情。大部分的人們要學習時，都覺得應該要有「書」，或是得坐在「書桌」前才可以。不過，若使用本書的學習方法，不但不需要課本，也不用坐在書桌前，更不用特別挑選「時間和場所」就可以學英文了。特別是早上去學校的通勤時間，就算不看書，也能複習為數不少的句子，在腦海中練習新的造句。如果將世界名著中精簡洗練的句子作為練習會話的材料，相信你一定會看見自己的進步喔！

# 4 我也可以製作自己的「中英字典」嗎？

使用本書的優點就像下面所說的：

(1) 不需靠書的提示，就可以記住英文句子。
(2) 透過句子，就可以正確地學習文法。
(3) 能夠輕而易舉造出新的句子，也可以練習文法和會話。
(4) 沒有書也可以複習英文，所以可以無限地活用零碎時間。

在這裡也提到能夠製作「英語學習筆記」，大家不會覺得很有趣嗎？能夠擁有一本專屬於自己的學習筆記，裡面是自己造的句子，還有許多單字和文法。光是想像就覺得躍躍欲試了，不是嗎？但這全都是有可能的！

既然如此，就讓我們用前面提到的五個句子來說明。不論大家使用的五個關鍵字是不是全存在腦海中，我們就這麼相信看看吧！

現在，請前面的句子再次出場吧！

> **· accident - The doctor said it was an *accident*.**

**步驟1▶首先，用學到的單字來造一個新句子。**

　用 policeman（警察）來替換 doctor 這個字，造出新的句子。

> **· policeman - The policeman said it was an *accident*.**

**步驟2▶接著，我們用「想學的單字」來造一個新的句子。**

　老師先來舉例說明一下。如果我想學「職員」這個單字，那麼，首先放入「職員」這個字，就能造出這樣的中文句子。

　「職員說這是件意外。」

　同樣的，在我們已學過的句子「The doctor said it was an accident.」裡，把 doctor 這個字用「職員」的英文來代替就可以了。這時，我們就可以活用英語學習筆記或是網路字典，也可以利用各位經常帶在身上的手機來查詢可用的單字。手機的技術不斷在進步，現在的手機，字典已經是基本配備了。利用手機功能，不論在家裡或是學校，就算不上課，一邊走路也可以邊查單字邊學英文。

　不論如何，用「職員」這個中文來查字典，會出現「employee」這個單字。那麼我們來造個句子吧！

> **· employee - The employee said it was an *accident*.**

　用 employee 替換 doctor 這個字，就能造出一個新句子。找出真的想學

的單字然後造句，這個單字將會讓你久久不忘。

　　大部分的人讀句子，都會針對第一次見到的單字查字典熟悉它的意思。但是這樣還不夠。我們應該利用我們了解的句子，將這些單字都造句，因為想要造出新的句子時大腦就會積極地運作，而使這個單字可以被記牢。這點，是老師多年教學所得的經驗，各位也一定要試試看唷！

**步驟3▶使用這樣的方法，再來學習其餘的句子吧！**

　　第二句，*begin - Let the tournament begin.*

> **學到的單字：party**
> · **party** - **Let the party** *begin.*（派對開始！）
>
> **想知道的單字：儀式**
> · **ritual** - **Let the ritual** *begin.*（儀式開始！）

　　「儀式」的英文就是「ritual」。請想像一下，在非洲北部某個村落的儀式正要進行的樣子。

　　第三句，*car - Here is a bee in the car.*

> **學到的單字：coin**
> · **coin** - **Here is a** *coin* **in the box.**（箱子裡有銅板。）
>
> **想知道的單字：計算機**
> · **calculator** - **Here is a** *calculator* **in the bag.**（背包裡有計算機。）

　　「計算機」的英文是「calculator」。請想像一下背包裡放著計算機的樣子。

第四句，*dragon - I saw a dragon*。

學到的單字：snake
· snake - I saw a *snake*.（我看到一條蛇。）

想知道的單字：浣熊
· raccoon - I saw a *raccoon* in the forest.
（我看到一隻浣熊在森林裡。）

「浣熊」的英文是「raccoon」。請想像一下在森林裡偶然碰到浣熊的情況。

現在是最後一句了，*expectation - I will return here tomorrow night with high expectation*。

學到的單字：go
· go - I will *go* home tomorrow morning.
（我明天早上會回家。）

想知道的單字：救援
· rescue - I will *rescue* him.（我會去救他。）

「救援」的英文是「rescue」。請想像一下，自己跑去搭救被暴漲溪水困住，孤立無援的人的情景。

那麼，讓我們將新的造句整理一下吧！

- · policeman - **The *policeman* said it was an accident.**
- · employee - **The *employee* said it was an accident.**
- · party - **Let the *party* begin.**
- · ritual - **Let the *ritual* begin.**
- · coin - **Here is a *coin* in the box.**
- · calculator - **Here is a *calculator* in the bag.**
- · snake - **I saw a *snake*.**
- · raccoon - **I saw a *raccoon* in the forest.**
- · go - **I will *go* home tomorrow morning.**
- · rescue - **I will *rescue* him.**

這些句子並沒有照英文字母的順序來排列，但因為是「英語學習筆記」，用英文字母的順序來整理會更好吧！試試看吧！

- calculator - Here is a *calculator* in the bag.

- coin - Here is a *coin* in the box.

- employee - The *employee* said it was an accident.

- go - I will *go* home tomorrow morning.

- party - Let the *party* begin.

- policeman - The *policeman* said it was an accident.

- raccoon - I saw a *raccoon* in the forest.

- rescue - I will *rescue* him.

- ritual - Let the *ritual* begin.

- snake - I saw a *snake*.

　　成果如何呢？是不是比一般字典裡的句子容易理解得多呢？因為這是我自己做的中英學習字典嘛！現在你是不是想馬上做做看呢？

　　好！接下來就讓我們進入本書有趣的世界名著中親身體驗「專利英語學習法」的魔法吧！

# 目錄 CONTENTS

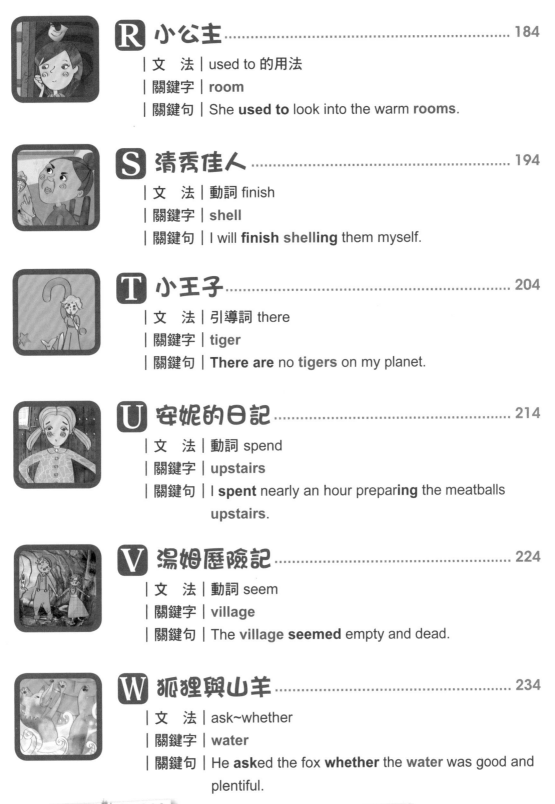

# Ant
## 木偶奇遇記

❶動詞 teach ❷現在進行式
❸疑問詞 + to V.（不定詞）

🎧L01 Story

　　小木偶皮諾丘（*Pinocchio*）要出場囉！長了個櫻桃鼻的安
東尼奧爺爺，因為一個會說話的木頭人，讓他變得好慌張！正好
他的朋友薛貝特爺爺來了，就問：「你在做什麼啊？」安東尼奧
爺爺為了把會說話的木頭人藏起來，所以說了個謊。

### I am teaching the ants how to count.
（我正在教螞蟻怎麼算術。）

文法❶：動詞 teach　　關鍵字：ant 螞蟻

## I am teaching the ants how to count.

文法❷：現在進行式

文法❸：疑問詞 + to V.（不定詞）

I am teaching the
ants how to count.

# STEP 1
## 這句中文的英文怎麼說？

# 我 / 正在教 / 螞蟻 / 怎麼算術

好！現在我們回到本書學習方法的第一階段。安東尼奧爺爺教誰算術呢？是蟑螂？小蟲子？還是蜘蛛呢？不是啦！答案都不是。回想一下今天的關鍵字 ant 吧！答案就是螞蟻囉！

請先回想一下「木偶奇遇記」的故事。從現在開始，我們把「ant」這個字當作開頭，想一下安東尼奧爺爺做了什麼事。首先，為了把這個句子好好存在腦袋瓜裡，我們先把英文的順序，試著用中文整理一下吧！

☞ **我正在教螞蟻怎麼算術。**

*Oh, no!*

跟中文的順序　　　很像吧！現在讓我們來試試看，不要用一般的方式死記英文句子，而是一邊想著　　　英文的順序，再依序一個字一個字地說出來。

*Oh, yes!*

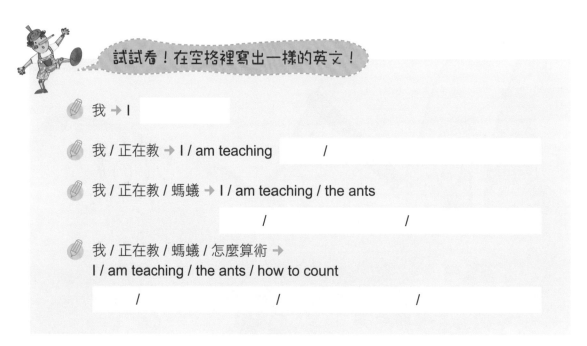

試試看！在空格裡寫出一樣的英文！

🖊 我 → I _____

🖊 我 / 正在教 → I / am teaching _____ / _____

🖊 我 / 正在教 / 螞蟻 → I / am teaching / the ants

_____ / _____ / _____

🖊 我 / 正在教 / 螞蟻 / 怎麼算術 →
I / am teaching / the ants / how to count

_____ / _____ / _____ / _____

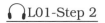
## STEP 2

由關鍵字 ant 帶出的句型大變身

# I am teaching 某人 how to 動詞原形
我 正在　　教　　誰　　如何　　做某事

關鍵字「ant」所帶出的基本句型，就像上面的句子一樣。

現在讓我們來造句子吧！由一個句子變身成各種句子！

❶ 我正在教弟弟怎麼騎單車。

（我 / 正在教 / 弟弟 / 怎麼騎單車）

→ I am teaching　my brother　how to　ride a bike.

對照原文： I am teaching　the ants　how to　count.

❷ 我正在教我的女朋友怎麼游泳。

（我 / 正在教 / 我的女朋友 / 怎麼游泳）

→ I **am teaching** my girlfriend **how to** swim.

啊！只要背一句話就好！開口變流暢了～跟我一起學吧！

解答：P. 244

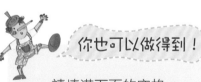

你也可以做得到！

請填滿下面的空格。

1. 我 / 正在教 / 我的姪子 / 如何踢足球

→ ____ ____ _____ my nephew _____ ____ play soccer.

2. 我 / 正在教 / 小狗 / 如何跳舞

→ I am teaching my _____ how to _____ .

## STEP 3
今天的文法＆代換練習

# I am teaching the ants how to count.

現在，讓我們用剛剛學到的基本句型，來學習動詞的性質和文法吧！假如句子真的已牢牢記在你的腦袋裡，就能 100% 完全理解文法了。你覺得如何呢？是不是不敢相信啊？但這就是事實哦！其實學文法不用緊張，因為我們日常講話都在用文法，只是我們沒發覺而已！我們再來回顧一下基本句型吧！

從現在開始，學文法的時候，我們必須了解一個一個英文單字為什麼會這樣子寫出來的理由哦！

 今天的 文法❶ 動詞 teach 的性質

基本句型裡面的動詞 teach，用來表示「對誰教某事」的意思。英文動詞「對誰做某事」，也有和它類似的意思。我們按照英文字母的順序，來學學相同性質的動詞吧！

| | | | | |
|---|---|---|---|---|
| ask（問） | buy（買） | give（給） | make（做） | read（讀） |
| send（寄送） | show（展示） | teach（教） | tell（說） | write（寫） |

用這些動詞實際來寫寫看「對誰做某事」的句型！

- I will ask him a question. （我要問他一個問題。）
- I will buy her a book. （我要買給她一本書。）
- I will give the girl a present. （我要給這個女孩一個禮物。）
- I will send the boy a souvenir. （我要寄給那個男孩一件紀念品。）
- I will write him a letter. （我要寫給他一封信。）

以下的動詞要搭配「對誰做某事」的句型。請按照英文字母的順序，將它們全部放入你的腦袋裡面吧！

解答：P. 244

好！直接代換試試看！

✎ 1. 我要寄給她一個娃娃。

→ I will _____ her a doll.

✎ 2. 我要為我弟弟讀一本書。

→ I will _____ my brother a book.

今天的
文法❷  **現在進行式**

所謂的「現在進行式」，在我們還沒熟悉文法用語之前，先要怎麼稱呼它呢？朋友問：「現在在做什麼？」那我要回答什麼才好呢？也許會有像下面一樣，各式各樣的回答出現哦！

• 我**正在**寫作業。
• 我**正在**吃晚飯。
• 我**正在**製造玩具。
• 我**正在**寫信。

What are you doing?

I am writing a letter.

在中文的用法裡，我們也說「正在做某事」，這和英文是完全一模一樣的。「做、吃、製造、寫」這些動詞都有一定的規則，它們都可以換成「正在做、正在吃、正在製造、正在寫」。英文當然也有同樣的規則，可以換成「正在…」的句型，是吧！就像下面的句子一樣，也可以這樣轉換：

- do → am doing　　　　　　（做 → 正在做）
- have → am having　　　　　（吃 → 正在吃）
- make → am making　　　　（製造 → 正在製造）
- write → am writing　　　　（寫 → 正在寫）

同樣的，be 動詞的現在式 am、are、is 後面的動詞加上 -ing 之後，就成了表示「正在做某事」的「現在進行式」。那麼，現在讓我們用英文，套用在剛剛的中文回答吧！

- I am doing my homework.
- I am having dinner.
- I am making a toy.
- I am writing a letter.

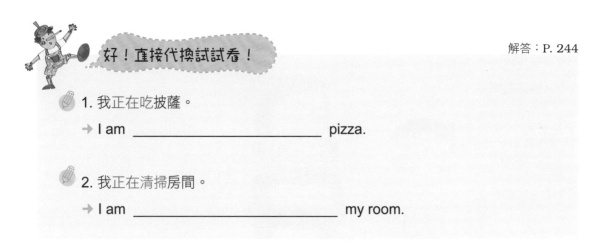

好！直接代換試試看！

解答：P. 244

1. 我正在吃披薩。

→ I am _____ pizza.

2. 我正在清掃房間。

→ I am _____ my room.

**今天的 文法❸ 疑問詞 + to V.（不定詞）**

　　現在，我們來學學「疑問詞 + to V.」吧！ to 之後接上「動詞原形」，就是「不定詞」了。所謂的不定詞，是沒有接上 -ing 或是 -ed 的動詞。這個「to V.（不定詞）」前面加上疑問詞（when、where、what、how），就可以表達許多種情況哦！

在 to 不定詞當中，所謂的「不定」並不是「否定」的意思，而是指「沒有被決定」的「不定」之意。

---

- **I don't know** when to start. （我不知道何時開始。）
- **I don't know** where to go. （我不知道要去哪裡。）
- **I don't know** what to do. （我不知道要做什麼。）
- **I don't know** how to play baseball. （我不知道怎麼打棒球。）

---

**好！直接代換試看看！**

解答：P. 244

🖊 1. 我不知道何時要去。

→ I don't know _____ to go.

🖊 2. 我不知道怎麼游泳。

→ I don't know _____ to swim.

---

　　在基本句型裡，我們學到了動詞「teach」與兩種文法「現在進行式」「不定詞」。它們並不難，是吧！只要掌握基本句型，就能夠確實地學會文法！學習英文就是這麼簡單！

## STEP 4
### 用關鍵字製作自己的中英字典

☞ 《木偶奇遇記》的關鍵字是？ant

☞ 關鍵句是？

# I am teaching the ants how to count.

關鍵字和句子，絕對不要忘記哦！那麼，我們把會算術的聰明小螞蟻送進字典裡吧！Let's get started! 開始吧！

**N** 名詞：cousin 堂兄弟姊妹，表兄弟姊妹
I am teaching my cousin how to play the piano.
（我正在教我堂妹怎麼彈鋼琴。）

**V** 動詞：enjoy 享受
I am teaching my child how to enjoy music.
（我正在教我的小孩怎麼享受音樂。）

**A** 形容詞：happy 幸福的
I am teaching them how to be happy.
（我正在教他們怎麼變得幸福。）

**H** 同音異義字：train
n. 火車
I am teaching him how to repair a train.
（我正在教他怎麼修理火車。）
v. 訓練
I am teaching her how to train monkeys.
（我正在教她怎麼訓練猴子。）

\* H：Homographs 指「同形同音但意思不同」的字

「N」是名詞的意思，是取自「noun」的第一個字。「V」是動詞的意思，是從「verb」這個字出來的，在字典裡面的例子也是用這樣的縮寫來表示。

小提醒

現在，讓我們來製作自己的中英字典吧！

首先，我想寫出這個句子：「我正在教他親切地接待客人的方法。」我們可以在前面已經學過的句型裡，改填入「客人」這個單字，對吧！試著把下面的空格填滿吧！用我想學的單字來造個句子！

製作自己的中英字典

解答：P. 244

| 中文 | 英文單字 | 例句 |
|------|----------|------|
| 客人 |  | I am teaching him how to be kind to _____ .<br>（我正在教他怎麼親切地接待客人。） |
|  |  |  |

**BONUS! 舉一反十！單字連鎖記憶法！**

十隻（ten）螞蟻（ant）向別人租房子，向別人租房子住的人叫做「承租人」。所以在 ant 前面接上 ten 變成 tenant 就是「承租人，房客」的意思！

### ten - ant - tenant

十　　螞蟻　　承租人

# Big
## 綠野仙蹤

❶助動詞 will ❷動詞 make
❸比較級

🎧 L02 Story

　　在《綠野仙蹤》（*The Wizard of OZ*）的故事裡，當桃樂絲見到不但會動，還會說話的稻草人時，問他「你是怎麼活了起來的呢？」稻草人就把它活起來瞬間所發生的事，全都說給桃樂絲聽。當時，農夫第一次見到稻草人，他先用筆畫上稻草人的右眼，然後一邊畫左眼、一邊說……：

### I will make the other a little bigger.
（我要讓另一邊更大一些。）

　　這裡說的「另一邊」是已經畫好的右眼的
「另一邊」，也就是左邊的眼睛喔！

今天的
文法

今天的文法❶：助動詞 will　　　　　　今天的文法❸：比較級

I will make the other a little bigger.

今天的文法❷：動詞 make　　　　　　今天的關鍵字：big 大的

33

## STEP 1
### 這句中文的英文怎麼說？

# 我 / 要讓 / 另一邊 / 更大一些

稻草人很厲害唷！它只要照著自己的想法，就可以隨意改變身體的樣子。需要雙眼皮，畫一畫就出來了；想要更苗條，就可以變得更苗條耶……

啊！心裡想的事被你發現了！老師的腰圍如果也可以變小，那就太好了！哈哈！

那麼，我們先把句子用中文整理一下吧！

☞ 農夫想把稻草人其中一邊的眼睛，畫得比另一邊還要大。

試試看！在空格裡寫出一樣的英文！

✏ 我 → I _____

✏ 我 / 要讓 → I / will make _____ / _____

✏ 我 / 要讓 / 另一邊 → I / will make / the other
_____ / _____

✏ 我 / 要讓 / 另一邊 / 更大一些 →
I / will make / the other / a little bigger
_____ / _____ / _____

## STEP 2

由關鍵字**big**帶出的句型大變身

I will make + 某人、某物 + 形容詞（變得如何）
我要讓　　　　　某人、某物　　　形容詞（變得如何）

關鍵字「big」所帶出的基本句型，就像上面的句子一樣。

很簡單對吧！現在讓我們來造個句子！

❶ **我要讓我的男朋友開心。**

（我 / 要讓 / 我的男朋友 / 開心）

→ I will make  my boyfriend happy.

**對照原文：** I will make  the other a little bigger.

❷ **我要讓媽媽的心情平靜。**

（我 / 要讓 / 媽媽的心情 / 平靜）

→ I **will make** my mother's mind peaceful.

我要讓大家的英文變好！哈哈哈！

解答：P. 244

你也可以做得到！

請填滿下面的空格。

1. 我 / 要讓 / 我的病人 / 健康

→ ＿＿＿ ＿＿＿＿＿ ＿＿＿＿＿ my patient healthy.

2. 我 / 要讓 / 他 / 興奮

→ I will make him ＿＿＿＿＿＿＿＿＿＿ .

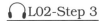
## STEP 3
今天的文法&代換練習

# I will make the other a little bigger.

這個單元的基本句型，裡面藏了怎樣的文法和動詞呢？就是助動詞will、動詞 make，還有比較級的用法喔！

 **今天的文法❶ 助動詞 will**

「助動詞」就是在我們說話時，扮演「幫助動詞」的角色唷！在這個句子裡，助動詞 will 就是來輔助叫做 make 的動詞。讓我們更仔細地看看這個句子吧！

---

eat（吃）→ will eat（要吃）
go（去）→ will go（要去）
make（做，讓…變得…）→ will make（要做，要讓…變得…）

---

eat、go、make 這些動詞都有不同的意思，在這些動詞前面放上will，就變成「打算要…」的意思。也就是說，在動詞前面放一個字，就能讓這個動詞變成特定的意思，這就叫做「助動詞」哦！

在助動詞的家族裡，除了 will 之外，還有許多好朋友呢！有幾個重要的助動詞，請大家一定要記住它們哦！

助動詞的後面，一定要接「動詞原形」。
因為這是習慣用法，以前開始就是這麼用的哦！
動詞原形指的就是跟字典裡面一樣，那種沒有變化過的動詞。
在 to 不定詞的部分有說明過，大家還有印象吧！

那麼，讓我們來學學以下幾個重要的助動詞吧！

- can（能夠…）例 I can win the game.（我能夠贏得這場遊戲。）
- may（可以…）例 You may go home.（你可以回家。）
- must（必須…）例 I must help him.（我必須幫助他。）

也有用「兩個字」來表現的助動詞哦！

- have to（必須…）例 I have to go to the bathroom.
  （我必須去洗手間。）
- used to ❶（過去習慣…）例 I used to take a walk after dinner.
  （我過去習慣在晚飯後散步。）
  ❷（曾經…）例 He used to be a doctor.
  （他曾經是個醫生。）

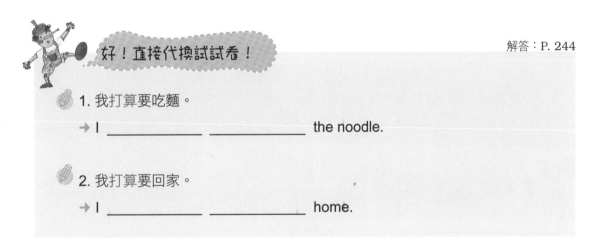

解答：P. 244

好！直接代換試試看！

1. 我打算要吃麵。
   → I ＿＿＿＿＿ ＿＿＿＿＿ the noodle.

2. 我打算要回家。
   → I ＿＿＿＿＿ ＿＿＿＿＿ home.

## 動詞 make 的性質

在 make 這個字後面，通常會先寫出「某人或某物」，然後再寫出「想要某人或某物變成什麼樣子」的形容詞，就像下面的句子一樣。

I will make the other a little bigger.
                   另一邊            更大

make + 某人或某物 + 變成什麼樣子的形容詞

這種性質的動詞有很多，我們按照英文字母的順序來學學看吧！

find（發現）        keep（維持）        leave（放任）
think（想，思考）   make（做，使⋯變得⋯）

接著來看看例句囉！

I found the book interesting.        （我發現這本書很有趣。）
        某物      形容詞

She always keeps her room clean. （她總是保持她的房間乾淨。）
                    某物     形容詞

Don't leave the windows open.        （不要放任窗戶開著不管。）
              某物        形容詞

好！直接代換試試看！

解答：P. 244

1. 我要讓我的小狗變聰明。

→ I will _____ my puppy smart.

2. 我要讓我弟弟變得機靈。

→ I will make my brother _____ .

 **比較級**

在中文的用法裡，形容詞前面放上「更⋯」時，就是「比較級」的表現方式。英文也和中文相似，只要在形容詞後面加上相當於「更⋯」的 -er，就能夠表達比較級的意思了。例如：

| 原級 | 比較級 |
|------|--------|
| 高的 high | 更高的 higher |
| 長的 long | 更長的 longer |
| 小的 small | 更小的 smaller |
| 扁平的 flat | 更扁平的 flatter |

也有例外的情況哦！較常見的像是 good（好的）、well（健康的），它的比較級是 better。bad（壞的）、ill（病的），它的比較級是 worse。many（許多的）、much（大量的），它的比較級是 more。little（少的），它的比較級是 less。

「母音＋子音」結尾的單字，它們的比較級會再多放一個子音。

解答：P. 244

**好！直接代換試試看！**

1. 我要讓這台車子變得更小。

→ I will make the car _____ .

2. 我要讓這個箱子變得更漂亮。

→ I will make the box _____ .

這個單元裡面，我們學到了比較級、助動詞 will，還有動詞 make 的用法。現在你還會說造句很難嗎？其實，現在就是個新開始！在不久的將來，當你看到自己流利地寫出自己想寫的句子，一定會嚇一大跳的！

你不相信嗎？那你只要相信本書的學習法就好了！

## STEP 4
### 用關鍵字製作自己的中英字典

☞ 《綠野仙蹤》的關鍵字是？ big

☞ 關鍵句是？

# I will make the other a little bigger.

那麼，先把眼睛不對稱的稻草人放到字典裡去吧！

Let's get started! 開始吧！

**N 名詞：girl 女孩**
I will make the girl thin.
（我要讓這女孩變得苗條。）

**N 名詞：swimmer 游泳選手**
I will make the swimmer stronger.
（我要讓那個游泳選手變得更強壯。）

**A 形容詞：famous 有名的**
I will make my doll famous.
（我要讓我的娃娃變得有名。）

現在，我們來製作自己的中英字典吧！

首先，我想寫出這個句子：「我要讓你變得有自信。」那麼我們只要在已學過的句子裡，改填入「有自信」這個詞就好了，對吧！那我們來填一填以下的空格，用我們想要學習的單字，製作屬於自己的中英字典吧！

解答：P. 244

製作自己的中英字典

| 中文 | 英文單字 | 例句 |
|------|---------|------|
| 有自信 | | I will make you _____. （我要讓你變得有自信。） |
| | | |

**BONUS!** 舉一反十！單字連鎖記憶法！

　　小豬身材胖嘟嘟（ big ig），肚子很餓在挖土（ ig）。無花果實（ ig）吃一個，肚子還餓就外出。光頭小豬（ ig）戴假髮（ ig），勾到樹枝（ ig）掉下來～把今天學的單字流暢地寫出來吧！

## big – dig – fig – pig – wig – twig

| 大的 | 挖 | 無花果 | 豬 | 假髮 | 樹枝 |

twig
wig
fig
pig

**挑戰！** 記住本書23句　用英文字母的提示將前一課的關鍵字和句子默寫出來吧！

| 英文字母 | 關鍵字 | 句子 |
|---------|--------|------|
| a | | |
| b | | |

# Coward
## 長腿叔叔

❶動詞 want　❷動詞 think

🎧L03 Story

　　在《長腿叔叔》（*Daddy Long Legs*）的故事裡，少女茱蒂雖然在孤兒院長大，個性卻很活潑又開朗，並且因為某個紳士的幫忙，讓她可以上大學。茱蒂常常寫信給這位紳士。在某一封信裡面，茱蒂坦白地告訴他，自己不敢對大學的朋友莎麗說出自己在孤兒院長大的事情，並在信的後面附上了這段話：

### I don't want you to think I am a coward.
（我不希望你覺得我是個膽小鬼。）

今天的
文法

文法❷：動詞 think

## I don't want you to think I am a coward.

文法❶：動詞 want　　　　　關鍵字：coward 膽小鬼

## STEP 1
### 這句中文的英文怎麼說？

# 我 / 不希望 / 你 / 覺得我是膽小鬼

　　茱蒂希望幫助自己的人不要覺得自己是個膽小鬼。大家是不是也希望別人覺得自己是勇敢的人呢？其實，在學習英文的過程中，我們都不孤單！現在讓我們邁向英文學習之路，勇敢地突破吧！

　　首先，我們把這個單元的基本句型，用中文整理一下吧！

☞ **茱蒂不希望別人覺得自己是膽小鬼。**

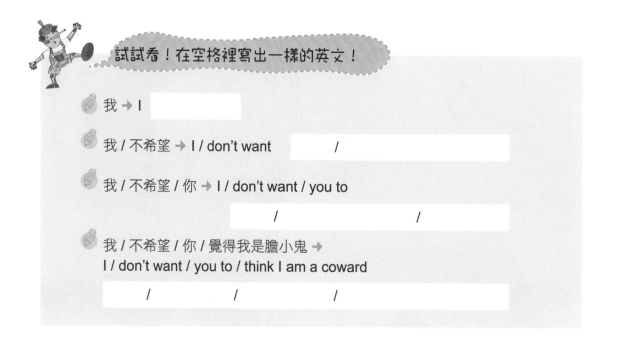

試試看！在空格裡寫出一樣的英文！

✎ 我 → I _____

✎ 我 / 不希望 → I / don't want _____ / _____

✎ 我 / 不希望 / 你 → I / don't want / you to

_____ / _____

✎ 我 / 不希望 / 你 / 覺得我是膽小鬼 →
I / don't want / you to / think I am a coward

_____ / _____ / _____

## STEP 2

由關鍵字coward帶出的句型大變身

# I don't want you to 動詞原形
我　　　不希望　　　你　　　做某事

關鍵字「coward」所帶出的基本句型，就像上面的句子一樣。
很簡單對吧！現在讓我們來造個句子！

**❶ 我不希望你上課遲到。**

（我 / 不希望 / 你 / 上課遲到）

→ I don't want you to  be late for class.

對照原文： I don't want you to  think I am a coward.

**❷ 我不希望你們捉弄小孩。**

（我 / 不希望 / 你們 / 捉弄小孩）

→ I **don't want you to** make fun of the child.

**❸ 我不希望你拒絕我的提議。**

（我 / 不希望 / 你 / 拒絕我的提議）

→ I **don't want you to** refuse my suggestion.

英文的膽小鬼們！一起來吧！

I don't want you to~ 這個句型，如果把 don't 拿掉的話，就變成了 I want you to~ 的句型，也就是「我希望你…」的意思。

- I don't want **you** to~ （我不希望你…）
- I want **you** to~ （我希望你…）

試試看活用這兩種句型！

- I want **you** to do your best. （我希望你做到最好。）
- I want **you** to take off your shoes. （我希望你脫掉鞋子。）

你也可以做得到！

解答：P. 244

請填滿下面的空格。

1. 我 / 不希望 / 你 / 讀這本書

→ I _____ _____ \_\_\_\_\_ \_\_\_\_\_ read the book.

2. 我 / 希望 / 你 / 用功讀書

→ I _____ \_\_\_\_\_ \_\_\_\_\_ study hard.

## STEP 3
今天的文法＆代換練習

# I don't want you to think I am a coward.

這個單元的基本句型裡，動詞的性質有兩種，其中一種搭配
「動詞＋人＋ to 動詞原形」的句型使用，另一種則要搭配
「動詞＋ that ＋主詞＋動詞」的句型來使用。

 動詞的性質(1)（動詞＋人＋ to 動詞原形）

I don't **want** you **to** think ~
　　　　動詞＋人＋ to 動詞原形

在這句話裡面，want 這個動詞後面就是當作受詞的人「you」，加上 to
之後接動詞的原形「think」。

在英文裡頭，有這種性質的動詞非常多，接下來就要介紹其中最常使用
的動詞。大家學了這些動詞之後，就可以造出非常非常多的句子。就算有點辛
苦，也請大家好好記住喔！現在，讓我們按照英文字母的順序來記，就可以輕
鬆地的記住哦！

advise（忠告）　　beg（懇求）　　encourage（鼓勵）　　force（強迫）
instruct（指示）　order（命令）　persuade（說服）　　require（要求）
signal（打信號）　tell（告訴）　　urge（驅策）　　　　want（希望）

上面這些單字，都和 want 具有同樣的性質，我們用例句來確認看看吧！

- The doctor **advised** <u>him</u> **to** <u>stop</u> smoking.
  　　　　動詞　+　人　+ to 動詞原形
  （醫生忠告他停止吸菸。）

- The teacher **encouraged** <u>my son</u> **to** <u>study</u> hard.
  　　　　動詞　　+　人　+ to 動詞原形
  （老師鼓勵我的兒子用功讀書。）

- The general **ordered** <u>the soldiers</u> **to** <u>keep</u> marching.
  　　　　動詞　+　人　　+ to 動詞原形
  （將軍命令士兵們繼續行進。）

 好！直接代換試試看！

解答：P. 244

提示 學習：study
提示 畫：draw

1. 我說服他一起學習。

→ I _____ him to _____ together.

2. 老師希望學生畫畫。

→ The teacher _____ the students to _____ pictures.

 今天的
文法❷ 動詞的性質⑵（動詞 + that + 主詞 + 動詞）

~<u>think</u>　　<u>I</u> <u>am</u> a coward
動詞+（that）+ 主詞 + be 動詞

　　這個單元的基本句型，在動詞 think 後面，出現了主詞「I」和動詞「am」。英文裡也有很多像這樣後面可以加上「主詞 + 動詞」的動詞哦！這種動詞後面，本來要接可以連接兩個子句的連接詞 that，但在很多情況下，that 是可以省略的！

48

這種性質的動詞有很多。我們就照英文字母的順序來學學看！

agree（同意）　believe（相信）　discover（發現）　know（知道）
notice（注意到）　prove（證明）　realize（明白）　say（說）　　think（想）

接著我們來看看例句吧！

- I believe that he is honest. （我相信他是誠實的。）
  動詞 + that + 主詞 + be 動詞

- I know that she is cute. （我知道她很可愛。）
  動詞 + that + 主詞 + be 動詞

- I think that they are in danger. （我想他們正處在危險當中。）
  動詞 + that + 主詞 + be 動詞

在上面的例句裡，that 全都是可以省略的。

好！直接代換試試看！

解答：P. 244

提示　地球：earth
提示　圓的：round

1. 我知道地球是圓的。

→ I _____ that the _____ is _____ .

2. 我注意到她很漂亮。

→ I _____ that _____ _____ pretty.

這個單元的基本句型裡，我們認識了兩種性質的動詞。
現在，我們一定可以變成動詞超人了！

## STEP 4
### 用關鍵字製作自己的中英字典

☞ 《長腿叔叔》的關鍵字是？ **coward**

☞ 關鍵句是？

# I don't want you to think I am a coward.

那麼，我們把勇敢的茱蒂放到字典裡頭如何？

Let's get started! 開始吧！

**Ⓥ 動詞：kill** 殺死
I don't want you to kill the king.
（我不希望你殺死國王。）

**Ⓝ 名詞：liar** 愛說謊的人
I don't want you to be a liar.
（我不希望你變成愛說謊的人。）

**Ⓐ 形容詞：unhappy** 不快樂的
I don't want you to be unhappy.
（我不希望你不快樂。）

現在，讓我們來製作自己的中英字典吧！

首先，我想寫出這個句子：「我不希望你成為一名罪犯。」那麼我們只要在已學過的句子裡，改填入「罪犯」這個詞就好了，對吧！那我們來填一填以下的空格，然後用真正想要學習的單字，製作屬於自己的中英字典吧！

製作自己的中英字典

| 中文 | 英文單字 | 例句 |
|------|----------|------|
| 罪犯 |          | I don't want you to be a _____.<br>（我不希望你成為一名罪犯。） |
|      |          |      |

bull

bulletin board

瘋牛出沒

**BONUS!** 舉一反十！單字連鎖記憶法！

　　某天鬥牛士在村子閒逛，看到遠遠有頭母牛（cow）走近，覺得害怕就逃之夭夭。鬥牛士其實是個膽小鬼（coward），但這次瘋狂公牛（bull）卻像子彈（bullet）到處衝來又衝去，為了告知（bulletin）大家瘋牛出沒，只好寫了告示貼在告示板（bulletin board）。

　　那麼，把今天學的單字流暢地寫出來吧！

## cow - coward - bull - bullet - bulletin - bulletin board

| 母牛 | 膽小鬼 | 公牛 | 子彈 | 告示 | 告示板 |
|------|--------|------|------|------|--------|

**挑戰！** 記住本書23句 用英文字母的提示將前一課的關鍵字和句子默寫出來吧！

| 英文字母 | 關鍵字 | 句子 |
|----------|--------|------|
| a        |        |      |
| b        |        |      |
| c        |        |      |

# Dance
森林王子

**❶使役動詞 make**

🎧L04 Story

　　《森林王子》（*The Jungle Book*）的故事裡，主角毛克利
從小時候開始，就被狼群當成同伴來養。當他慢慢長大成為少
年，他再度回到人類居住的地方生活。毛克利開始在村子裡幫人
趕牛。在夏天的某個日子裡，他說出了下面的這句話：

The sun makes the rocks dance in the heat.
（太陽讓石頭熱得跳起舞來。）

今天的
文法

文法❶：使役動詞 make

The sun makes the rocks dance in the heat.

關鍵字：dance 跳舞

The sun makes the rocks dance in the heat.

53

## STEP 1

### 這句中文的英文怎麼說？

# 太陽 / 讓 / 石頭 / 熱得跳起舞來

噢！太陽真是有意想不到的力量啊！居然可以讓石頭跳舞呢！

好！我們也來一邊跳舞，一邊學英文吧！

首先，我們把這個單元的基本句型，用中文整理一下吧！

☞ **太陽擁有讓岩石跳舞的力量哦！**

一定要一邊想著句子，一邊記憶哦！

### 試試看！在空格裡寫出一樣的英文！

太陽 → The sun ⬜

太陽 / 讓 → The sun / makes ⬜ /

太陽 / 讓 / 石頭 → The sun / makes / the rocks
⬜ / /

太陽 / 讓 / 石頭 / 熱得跳起舞來 →
The sun / makes / the rocks / dance in the heat
⬜ / / /

## STEP 2

由關鍵字 dance 帶出的句型大變身

# 主詞 + make + 某人、某物 + 動詞原形
某人　　　　　　讓某人　、　某物　　　　　做某件事

關鍵字「dance」所帶出的基本句型，就像上面的句子一樣。

很簡單對吧！現在我們來造個句子吧！

也可以把主詞「the sun」，換成各式各樣的名詞哦！

## ❶ 那本書讓他想要努力學習。

（那本書 / 讓 / 他 / 想要努力學習）

→ The book　makes　him want to study hard.

**對照原文**：The sun　makes　the rocks dance in the heat.

## ❷ 那部戲讓她流淚了。

（那部戲 / 讓 / 她 / 流淚了）

→ The drama **makes** her shed tears.

你也可以做得到！

解答：P. 244

請填滿下面的空格。

🖊 1. 那部電影 / 讓 / 我 / 反省自己的生活

→ The _____ makes _____ reflect my life.

🖊 2. 那個玩具 / 讓 / 女孩 / 叫出聲音

→ The _____ makes the _____ yell out.

**STEP 3**

今天的文法&代換練習

# The sun makes the rocks dance in the heat.

我們也來和石頭們一起跳跳舞吧！先來回顧一下基本句型囉！

在這個句子裡，我們把 make 叫做「使役動詞」。這個詞感覺有點難吧！現在我們一起進入使役動詞的世界吧！

 今天的文法① 使役動詞 make

「make」這個動詞，具有「使（讓）…做某事」的意思，這類型的動詞就叫做「使役動詞」。使役動詞除了 make 以外，還有 have、help、let 等

help 也是使役動詞，但是除了動詞原形外，它也可以放在 to 不定詞的前面，請大家留意哦！

等。在文法規則裡，它們後面除了加上某人或某物，還要再加上動詞的原形來使用。

現在，我們用句子來確認看看吧！

 等一下

- I had him polish my shoes. 　（我請他擦亮我的鞋子。）
- He helped me achieve my goal. 　（他幫助我達成了我的目標。）
   ➡ （也可以寫成 He helped me **to** achieve my goal.）
- Let me introduce myself. 　（請容我介紹我自己。）
- My mother made me wash the dishes. （我媽媽叫我洗碗。）

看看上面的句子，我們可以發現，在 have、help、let、make 的後面接的都是動詞原形。請大家一定要記住這個文法規則哦！那麼我們再來試試造出更多的句子吧！

好！直接代換試試看！

解答：P. 244

1. 他幫助寫作業。

→ He _____ me do my homework.

2. 請讓我們過去。

→ _____ us go past.

在這個單元裡，大家一定更了解使役動詞的用法了！覺得怎麼樣？並不難對不對？

**BONUS!** 舉一反十！單字連鎖記憶法！

把 ake 的第一個字母，按英文字母的順序來代換看看吧！
ake 就是「烤麵包」，ake 則是「蛋糕」，ake 表示「虛假的」，例如 fake diamond 是「假鑽石」。ake 是漂亮的「湖」，ake 則是「耙子」，秋天樹下掃落葉的時候，用耙子來收集落葉。ake 是「花時間」，還有「帶領別人去…」的意思，是非常重要的動詞。ake 則有起床的意思。

| bake | - | cake | - | fake | - | lake | - | make | - | rake | - | take | - | wake |
|------|---|------|---|------|---|------|---|------|---|------|---|------|---|------|
| 烤麵包 | | 蛋糕 | | 虛假的 | | 湖 | | 使…做某事 | | 耙子 | | 花時間 | | 起床 |

rake

## STEP 4
**用關鍵字製作自己的中英字典**

☞ 《森林王子》的關鍵字是？ **dance**
☞ 關鍵句是？

**The sun makes the rocks dance in the heat.**

現在我們把「跳舞的石頭」放進中英字典吧！

Let's get started! 開始吧！

**N 名詞：novel 小說**
The novel makes my uncle feel interested in science.
（這本小說使我叔叔對科學產生了興趣。）

**V 動詞：have 擁有**
The Bible makes my aunt have a deep faith.
（聖經讓我姑姑擁有很深的信仰。）

**N 名詞：poem 詩**
The poem makes him feel happy.
（這首詩讓他感到喜悅。）

現在，我們來製作自己的中英字典吧！

首先，我想寫出這個句子：「他的忠告使我克制喝可樂。」那麼我們只要在學過的句子裡，改填入「克制」這個詞就好了，對吧！那我們來填一填以下的空格，然後用我們想要學習的單字，製作屬於自己的中英字典吧！

 製作自己的中英字典

| 中文 | 英文單字 | 例句 |
|------|---------|------|
| 克制 | | His advice makes me _____ from drinking coke.<br>（他的忠告使我克制喝可樂。） |
| | | |

挑戰！ 記住本書23句　用英文字母的提示將前一課的關鍵字和句子默寫出來吧！

| 英文字母 | 關鍵字 | 句子 |
|---------|--------|------|
| a | | |
| b | | |
| c | | |
| d | | |

# Evening
## 小氣財神

今天的
**文法**

**❶動詞** devote

🎧L05 Story

　　在查爾斯‧狄更斯的小說《小氣財神》（*A Christmas Carol*）裡，吝嗇的老頭子史盧基出現了！史盧基因為聖誕夜出現的幽靈，讓他看見了自己的過去、現在和未來，並且變成一個善良的人。在那個晚上，第二個出現的幽靈代表「現在」，讓史盧基看到了自己姪子家裡辦的聖誕派對。

　　姪子的家人們不但唱歌、演奏樂器，還快樂地玩著遊戲。那時有人說了一句話：

**They didn't devote the whole evening to music.**
（他們沒有把整個夜晚投入在音樂中。）

今天的
文法

文法**❶**：動詞 devote

**They didn't <u>devote</u> the whole evening to music.**

關鍵字：evening 夜晚

## STEP 1

**這句中文的英文怎麼說？**

# 他們 / 沒有投入 / 整個夜晚 / 給音樂

聖誕夜除了享受音樂、快樂玩耍，也讓我們一起投入英文的世界裡學習吧！

我們先把這個句子用中文整理一下吧！

☞ 他們沒有投入整個夜晚給音樂。

讓我們專心投入在英文的世界吧！

**試試看！在空格裡寫出一樣的英文！**

✏ 他們 → They

✏ 他們 / 沒有投入 → They / didn't devote /

✏ 他們 / 沒有投入 / 整個夜晚 →
They / didn't devote / the whole evening

　　　／　　　　　　／

✏ 他們 / 沒有投入 / 整個夜晚 / 給音樂 →
They / didn't devote / the whole evening / to music

　　　／　　　　　　／　　　　　／

## STEP 2

### 由關鍵字 evening 帶出的句型大變身

# They didn't devote + 某物 + to + 某事
他們　　並沒有　　　投入　　　某物　　做　　某事

關鍵字「evening」所帶出的基本句型，就像上面的句子一樣。

動詞 devote 後面一定要接 to 來使用哦！

我們接下來運用英文來變化幾個句子試試看！

❶ 他們沒有投入寶貴的時間和孩子們玩。

（ 他們 / 沒有投入 / 寶貴的時間 / 和孩子們玩 ）

→ They didn't devote  precious time  to  playing with their kids.

對照原文： They didn't devote  the whole evening  to  music.

❷ 他們沒有投入自己來對待學生

（ 他們 / 沒有投入 / 自己 / 來對待學生 ）

→ They **didn't devote** themselves to students.

### 你也可以做得到！

解答：P. 244

請填滿下面的空格。

1. 他們 / 沒有投入 / 他們的生命 / 來幫助其他的人

→ _____ _____ _____ their lives _____ helping others.

2. 我 / 沒有投入 / 今天下午 / 來學習

→ I didn't devote this _____ to _____ .

## STEP 3
今天的文法&代換練習

# They didn't devote the whole evening to music.

　　從這個句子裡，我們可以了解動詞 devote 的性質。devote 具有「投入在某件事裡面」的意思，在這個動詞後面，一定要放的就是介系詞 to。

　　那麼，我們開始吧！

 **動詞 devote 的性質**

　　使用 devote 這個動詞，都會在後面接上受詞，並且一定要和介系詞 to 連用。動詞後面一定要加受詞，還要接固定搭配的介系詞（as, for, from, into, of, to, with... 等），有這種性質的動詞還有很多呢！以下我們就來介紹這些動詞吧！

❶ regard（認為）：受詞之後要加上介系詞 **as**。

regard + 受詞 + as
例 We **regard** him **as** a genius. （我們認為他是個天才。）

❷ blame（責怪）、punish（處罰）、scold（責備）、thank（感謝）這幾個字，則是在受詞後面加上介系詞 **for** 來使用。

blame
punish
scold　　+　受詞　+　for
thank
　　　　　　　　　┌→受詞
例 My teacher **punished** me **for** being late for class.
（我的老師因為上課遲到而處罰我。）

❸ protect（保護）、save（救）這兩個字，使用的介系詞是 **from**。

protect
save ⎫ + 受詞 + from

例 He **protected** the princess **from** danger.（他保護了公主遠離危險。）

❹ translate（翻譯）、turn（改變）這兩個字，使用 **into** 作為介系詞。

translate
turn ⎫ + 受詞 + into

例 She **translated** my book **into** French.（她把我的書翻譯成法文。）

❺ inform（告訴）、remind（使想起）這兩個字，使用的介系詞是 **of**。

inform
remind ⎫ + 受詞 + of

例 The song **reminded** me **of** my friend.（這首歌使我想起了我的朋友。）

The song reminded me of my friend.

❻ add（追加）、devote（投入）、prefer（偏好）這三個字，使用的介系詞是 **to**。

add
devote ⎫
prefer ⎬ + 受詞 + to

例 He **prefers** apples **to** pears.（他喜歡蘋果勝於梨子。）

❼ cover（掩蓋）、fill（裝滿）、mix（混合）、provide（提供）這四個字，使用的介系詞是 **with**。

cover
fill
mix ⎬ + 受詞 + with
provide

例 She **filled** the bathtub **with** water.（她把浴缸裝滿了水。）

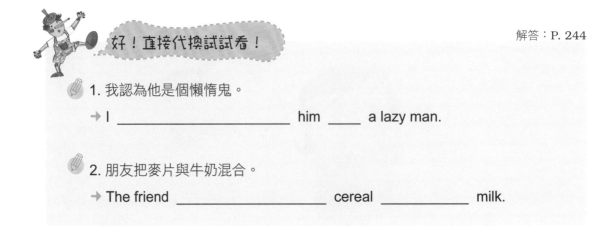

好！直接代換試試看！

解答：P. 244

✐ 1. 我認為他是個懶惰鬼。

→ I _____ him _____ a lazy man.

✐ 2. 朋友把麥片與牛奶混合。

→ The friend _____ cereal _____ milk.

各式各樣的動詞，和各種介系詞搭配成一組，就形成豐富又多元的英文表現法，是吧！我們將動詞和介系詞用英文字母的順序排列，請大家一定要好好記住哪個動詞會和哪個介系詞搭配在一起哦！

　　通常在背英文時，用英文字母順序記下的單字，是沒那麼容易忘記的！所以，我們就能把更多的東西存在大腦裡面了喔！

　　我們用基本句型中的 whole 來延伸學習！

　　whole 有「全體的」的意思，這個單字裡頭包含了 hole 這個字，也就是「洞穴」的意思。我們把 hole 的第一個字母 h 用 p 來代換的話，就變成 pole 這個字了，也就是「長桿子」的意思。那我們再把第一個字母用 r 來代換看看如何？變成 role，也就是「角色」的意思。那再把第一個字母用 s 來換換看！sole 則是「腳掌」的意思哦！

　　好，讓我們來整理一下這些單字吧！

| whole - hole - pole - role - sole |
|---|
| 全體的　　　洞穴　　　長桿子　　　角色　　　腳掌 |

## STEP 4
### 用關鍵字製作自己的中英字典

☞ 《小氣財神》的關鍵字是？ evening
☞ 關鍵句是？

### They didn't devote the whole evening to music.

這次我們要來製作更新的中英字典試試看！

They didn't devote~ 的句型裡，若把 didn't 拿掉的話，就變成 They devote~ 的句型了。這樣一來就變成肯定句了。用肯定句來製作我們的中英字典吧！

Let's get started! 開始吧！

Ⓝ 名詞：life 生命
She devoted her whole life to helping the poor.
（她投入全部的生命去幫助貧窮的人們。）

Ⓥ 動詞：practice 練習
He devoted two hours a day to practicing playing the violin.
（他一天投入兩個小時來練習演奏小提琴。）

Ⓥ 動詞：explain 說明
The teacher devoted thirty minutes to explaining what global warming is.
（老師投入了三十分鐘來說明何謂全球暖化。）

I devote 2 hours a day to practing playing the cello.

現在，讓我們來製作自己的中英字典吧！

首先，我想寫出這個句子：「她投入大部分的時間在宗教上。」那麼我們只要在已學過的句子裡，改填入「宗教」這個詞就好了，是吧！

好！那我們來填一填以下的空格，然後用我們想要學習的單字，製作屬於自己的中英字典吧！

製作自己的中英字典

解答：P. 244

| 中文 | 英文單字 | 例句 |
|---|---|---|
| 宗教 | | She devoted most of her time to _____.<br>（她投入大部分的時間在宗教上） |
| | | |

**挑戰！ 記住本書23句** 用英文字母的提示將前一課的關鍵字和句子默寫出來吧！

| 英文字母 | 關鍵字 | 句子 |
|---|---|---|
| a | | |
| b | | |
| c | | |
| d | | |
| e | | |

# Feast
## 賣火柴的小女孩

**❶感官動詞 see**

🎧L06 Story

在安徒生童話《賣火柴的小女孩》（*The Little Match Girl*）故事裡，賣火柴的女孩又冷又餓、精疲力盡，想要把身上的火柴點著來取暖。女孩點亮了第一根火柴，眼前馬上出現了一個暖爐！女孩就把手放在暖爐邊取暖。當熱呼呼的暖爐消失了，女孩又點了第二根火柴。然後她看到了這樣的景象：

**She saw a marvelous feast spread before her.**
（她看到一場盛大的宴席在她眼前展開）

這次的關鍵字是「宴席」feast 這個字。

今天的
文法

關鍵字：feast 宴席

**She saw a marvelous feast spread before her.**

文法**❶**：感官動詞 see

70

## STEP 1

這句中文的英文怎麼說？

# 她 / 看到了 / 一場盛大的宴席 / 在她眼前展開

　　賣火柴的小女孩看到盛大的宴席在眼前出現，大家跟著本書的學習方法，一定也可以看到自己流利地說英文，充滿自信的模樣哦！

　　那麼，讓我們想像自己變成英文超人的樣子，出發囉！

　　首先，我們先把這個句子用中文整理一下吧！

☞ **小女孩看到了盛大的宴席在眼前出現。**

 試試看！在空格裡寫出一樣的英文！

✎ 她 → She ▢

✎ 她 / 看到了 → She / saw ▢ /

✎ 她 / 看到了 / 一場盛大的宴席 → She / saw / a marvelous feast
▢ / /

✎ 她 / 看到了 / 一場盛大的宴席 / 在她眼前展開 →
She / saw / a marvelous feast / spread before her
▢ / / /

## STEP 2

### 由關鍵字 feast 帶出的句型大變身

## She saw + 某人、某物 + 動詞原形
### 她　看到了　　　某人、某物　　　做某動作

關鍵字「feast」所帶出的基本句型，就像上面的句子一樣。

現在我們來造個句子看看！只要一句話就可以變出許多的句子哦！

**❶ 她看到了芭蕾舞者在舞台上跳舞。**

（她／看到了／芭蕾舞者／在舞台上跳舞）

→ She saw  the ballerina dance on the stage.

對照原文： She saw  a marvelous feast spread before her.

**❷ 她看到了小狗咬了那男孩。**

（她／看到／小狗／咬了那男孩）

→ She **saw** the dog **bite** the boy.

讓我們盡情享用
英文盛宴吧！

---

你也可以做得到！

解答：P. 244

請填滿下面的空格。

1. 她／看到了／木匠／修理屋頂

   → She saw the ＿＿＿＿＿＿＿ fix the roof.

2. 她／看到了／嬰兒／哭泣

   → She saw the baby ＿＿＿＿＿＿＿ .

73

## STEP 3
今天的文法＆代換練習

# She saw a marvelous feast spread before her.

從這個句子裡頭，我們可以了解 see 這個動詞的性質。接下來我們也要來介紹和它具有相同性質的動詞哦！

 **感官動詞 see 的性質**

和 see 一樣的感官動詞，都會在後面加上受詞，然後再加上動詞原形。

### see + 受詞 + 動詞原形

感官動詞除了see 之外，還有很多個。

大家只要用口訣「視、聽、覺」這個詞就能輕鬆記憶，讓我們配合這個詞來記憶感官動詞吧！

- 視（看）→ see, watch, spot
- 聽（聽）→ hear, overhear, listen to
- 覺（感覺）→ feel

現在我們來舉幾個動詞作例子吧！

- I **watched** my kids **play** at the beach. （我看到我的小孩在海灘玩耍。）
  watch ＋ 受詞 ＋ 動詞原形
- I **heard** him **snore** last night. （我昨晚聽到他打呼。）
  hear ＋ 受詞 ＋ 動詞原形
- I **felt** the earth **shake**. （我感覺到土地震動。）
  feel ＋ 受詞 ＋ 動詞原形

解答：P. 244

好！直接代換試試看！

✏ 1. 我看到我的朋友玩這個遊戲。

→ I _____ my friend _____ the _____.

✏ 2. 我感覺到我的身體浮了起來。

→ I _____ my body _____.

在感官動詞後面都出現了受詞和動詞原形，大家看到了吧！了解這個文法後就可以系統化地說、寫英文哦！假如不希望只是死記，而想要了解文法規則的話，就自己造個句子試試吧！

beast

BONUS! 舉一反十！單字連鎖記憶法！

　　我們先把 feast 這個字的第一個字母 f，用 b 來替換看看！這樣就會變成 beast 這個字了。beast 是猛獸、野獸的意思哦！大家還記得迪士尼的動畫電影「美女與野獸」嗎？它的英文片名就叫做「Beauty and the Beast」。這次，我們再用 l 來代替 f 看看，least 就是「最少」的意思，at least 這個慣用語更是常常被用到哦！它是「至少」的意思。好，讓我們來整理一下吧！把今天的單字流利地寫出來！

## beast - feast - least

野獸　　宴席　　最少的

## STEP 4
### 用關鍵字製作自己的中英字典

☞ 《賣火柴的小女孩》的關鍵字是？ **feast**

☞ 關鍵句是？

# She saw a marvelous feast spread before her.

把賣火柴的小女孩看到火光中的影像，放到我們的中英字典裡頭吧！

Let's get started! 開始吧！

**N** 名詞：apple 蘋果
She saw the boy pick the apples.
（她看到那個男孩摘蘋果。）

**V** 動詞：borrow 借
She saw me borrow the comic books.
（她看到我借漫畫書。）

**N** 名詞：pickpocket 扒手
She saw the pickpocket steal the money.
（她看到那位扒手偷錢。）

　　現在，讓我們來製作自己的中英字典吧！

　　首先，我想寫出這個句子：「她看到那個男人偽造護照。」那麼我們只要將已學過的句子，改填入「偽造」這個詞就好了，是吧！

　　好！那我們來填一填以下的空格，然後用我們想要學習的單字，製作屬於自己的中英字典吧！

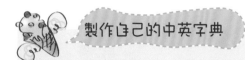 製作自己的中英字典

解答：P. 244

| 中文 | 英文單字 | 例句 |
|------|---------|------|
| 偽造 | | She saw the man _____ the passport.<br>（她看到那個男人偽造護照。） |
| | | |

挑戰！ 記住本書23句 **用英文字母的提示將前一課的關鍵字和句子默寫出來吧！**

| 英文字母 | 關鍵字 | 句子 |
|---------|-------|------|
| a | | |
| b | | |
| c | | |
| d | | |
| e | | |
| f | | |

# Give
## 快樂王子

**❶ nothing + to V.**（不定詞）

🎧 L07 Story

　　在作家王爾德寫的《快樂王子》（*The Happy Prince*）其中一幕，身為銅像的王子，看著周圍的人群，心裡感到很痛苦。特別是有一個生病的孩子想要吃橘子，但貧窮的媽媽沒辦法買給他吃。王子看到後，覺得心中難過極了。那時他說了一句話：

**His mother has nothing to give him but river water.**
（他的媽媽除了河水以外，沒有什麼可以給他。）

　　這個句子裡的 but，指的並不是「但是」，而是另一個意思「除了…之外」。

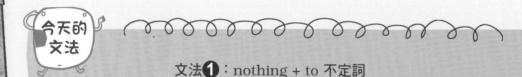

今天的
文法

文法 ❶：nothing + to 不定詞

**His mother has nothing to give him but river water.**

關鍵字：give 給予

80

## STEP 1
### 這句中文的英文怎麼說？

# 他的媽媽 / 沒有什麼 / 給他 / 除了河水以外

多麼讓人難過的場面啊！想要把所有最好的都給自己的小孩，這是全天下爸爸媽媽的共同心願，所以故事中小男孩的媽媽心裡會有多麼痛苦啊！

小朋友也應該要體會看看爸爸媽媽的心情，然後想辦法讓自己的父母更高興吧！

如果英文變好的話，父母一定會非常喜悅的！

首先，讓我們先把句子用中文來整理一下！

☞ **孩子的媽媽除了河水之外，沒有什麼可以給他了。**

### 試試看！在空格裡寫出一樣的英文！

✏ 他的媽媽 → His mother _____

✏ 他的媽媽 / 沒有什麼 → His mother / has nothing

_____ / _____

✏ 他的媽媽 / 沒有什麼 / 給他
→ His mother / has nothing / to give him

_____ / _____ / _____

✏ 他的媽媽 / 沒有什麼 / 給他 / 除了河水以外
→ His mother / has nothing / to give him / but river water

_____ / _____ / _____ / _____

## STEP 2

### 由關鍵字give帶出的句型大變身

# 主詞 + have / has + nothing to V.
主詞　　　　　　　　　　沒有什麼要…

關鍵字「give」所帶出的基本句型，就像上面的句子一樣。

很簡單吧！現在讓我們流利地造個句子吧！

### ❶ 他的妹妹沒有什麼要告訴他的。

（他的妹妹 / 沒有什麼（事）/ 要告訴他）

→ His sister　has nothing　to tell him.

對照原文：His mother　has nothing　to give him but river water.

> 學英文沒有
> 什麼難的。
> 全部來吧！

### ❷ 他的弟弟沒有什麼要在這間店買的。

（他的弟弟 / 沒有什麼（東西）/ 要在這間店買）

→ His brother **has nothing to** buy at the store.

解答：P. 244

你也可以做得到！

請填滿下面的空格。

✐ 1. 他的朋友 / 沒有什麼 / 要在電影院裡看的

→ _____ _____ has nothing to _____ in the movie theater.

✐ 2. 他的爸爸 / 沒有什麼 / 要教他的

→ _____ _____ has nothing _____ teach _____ .

## STEP 3
今天的文法&代換練習

# His mother has nothing to give him but river water.

從這個句子裡頭，我們可以了解 nothing 這個字。我們也來認識一下 nothing 的朋友 anything 和 something 吧！

 **anything、nothing、something**

anything（任何事情）、nothing（沒什麼事或物）、something（某些東西、事物）這三個字，後面都會接「to 不定詞」來使用哦！

anything
nothing  } + to V.（不定詞）
something

那麼，我們用下面的例句來確認看看吧！

• Do you have <u>anything</u> to declare?（你有任何事 要宣布嗎？）
　　　　　　anything + to V.（不定詞）

• I have <u>nothing</u> to do with the accident.（我和這個事故沒有關係。）
　　nothing + to V.（不定詞）

• I have <u>something</u> to show you.（我有某個東西給你看。）
　　something + to V.（不定詞）

今天的 **文法②** ambition、chance、right、way

anything、nothing、something 這三個字之後接的是 to V.（不定詞），大家都已經確認過了吧！

除了它們之外，像是 ambition（野心）、chance（機會）、right（權利）、way（方法）等名詞，在後面也是要加上「to V.（不定詞）」的哦！

```
ambition
chance        }  +  to V.（不定詞）
right
way
```

我們再用例句來確認一下吧！

- He had an ambition to become a millionaire.
  　　　　　　ambition + to V.（不定詞）
  （他懷有野心，要成為一個百萬富翁。）

- Give me a chance to explain the situation.
  　　　　　chance + to V.（不定詞）
  （給我一個機會來說明這個狀況。）

- You have the right to vote. （你有權利來投票。）
  　　　　　　right + to V.（不定詞）

- This is the only way to solve the problem.
  　　　　　　way + to V.（不定詞）
  （這是唯一的方法來解決這個問題。）

名詞之後加上「to 不定詞」的用法，大家是不是完全了解了呢？那麼，也別忘記要養成多多造句的習慣哦！

好！直接代換試試看！

解答：P. 244

我沒有什麼可以寫的。

→ I have _____ _____ write with.

2. 我有某件東西要給你。

→ I have _____ _____ give you.

3. 她有野心想要去念外語高中。

→ She had an _____ _____ go to Foreign Language High school.

4. 我有權利擁有這個娃娃。

→ I have the _____ _____ have the doll.

5. 給我一個機會投球。

→ Give me a _____ _____ throw the ball.

to 不定詞指的是「to + 動詞原形」，在句子裡就像名詞一樣來使用，有時也會當形容詞和副詞來使用哦！

在基本句型裡出現的單字 mother，我們用它來玩有趣的文字接龍吧！

mother 這個字裡面，包含了 moth 在裡面。moth 是「蛾」的意思。當一位媽媽找到她失去的小孩時，因為太高興了，就緊緊抱住孩子，緊到快要窒息的程度，就好像要抱著全世界一樣！「窒息」這個字的英文，就是在 mother 前面加上 s，就成了 smother 了。另外還有一個字和 smother 的意思相同，跟 smother 一樣都是用 s 來開頭的。 suffocate 也有「窒息」的意思哦！

那麼，讓我們把今天的單字流利地寫出來吧！

| mother - moth - smother - suffocate |
|:---:|
| 媽媽　　　蛾　　　窒息　　　窒息 |

## STEP 4

**用關鍵字製作自己的中英字典**

☞ 《快樂王子》的關鍵字是？ give

☞ 關鍵句是？

# His mother has nothing to give him but river water.

那麼，把令人同情的媽媽，放到我們的中英字典裡頭吧！

Let's get started! 開始吧！

**N** 名詞：restaurant 餐廳
My cousin has nothing to eat at the restaurant.
（我堂妹在這餐廳裡沒有什麼可吃的。）

**V** 動詞：read 讀
My father has nothing to read at the library.
（我爸爸在這間圖書館裡沒有什麼想讀的。）

**N** 名詞：relative 親戚
My relative has nothing to play with at the house.
（我的親戚在那間房子裡沒有什麼可以玩的。）

現在，讓我們來製作自己的中英字典吧！

首先，我想寫出這個句子：「我姪子今天沒有東西要遞送的。」那麼我們只要在已學過的句子裡，改填入「遞送」這個詞就好了。

好！那我們來填一填以下的空格，然後用我們想要學習的單字，製作屬於自己的中英字典吧！

製作自己的中英字典

| 中文 | 英文單字 | 例句 |
|------|----------|------|
| 遞送 | | My nephew has nothing to _____ today.<br>（我姪子今天沒有東西要遞送的。） |
| | | |

挑戰！ 記住本書23句 用英文字母的提示將前一課的關鍵字和句子默寫出來吧！

| 英文字母 | 關鍵字 | 句子 |
|----------|--------|------|
| a | | |
| b | | |
| c | | |
| d | | |
| e | | |
| f | | |
| g | | |

# Hard
## 祕密花園

## ❶ 虛主詞 ❷ 真主詞

🎧 L08 Story

　　在作家法蘭西斯‧勃內特寫的《祕密花園》（*The Secret Garden*）裡，主角瑪麗在印度因為父母得了傳染病而成為孤兒，之後便去了英國，並在英國遇見了心地善良的女傭瑪莎。

　　瑪莎的爸爸賺的錢並不多，因此她的媽媽常常抱怨，說自己必須照顧十二個小孩，真的是非常辛苦啊！

　　我們來聽聽瑪莎是怎麼說的吧！

### It is hard for my mother to feed them all.
（我的媽媽要餵飽他們全部是很困難的。）

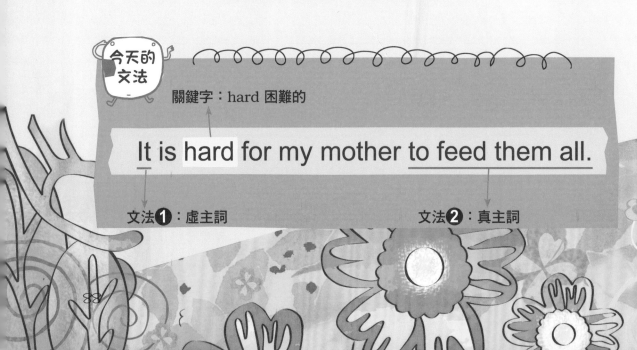

今天的
文法

關鍵字：hard 困難的

It is hard for my mother to feed them all.

文法 ❶：虛主詞　　　　　　　　　　　　文法 ❷：真主詞

88

89

## STEP 1
這句中文的英文怎麼說？

# 這是困難的 / 我的媽媽 / 要餵飽他們全部

我們的生活中，不管是吃的、穿的都很足夠，也沒什麼需要擔心的事情，對吧！現在，就讓我們一心一意地學英文吧！

首先，我們把句子用中文整理一下！

這是很困難的事，什麼事呢？後面的謎底揭曉了！

☞ 就是「**我的媽媽要餵飽他們全部**」這件事。

學英文是很困難的，但是因為本書的學習法，所以完全沒什麼問題唷！

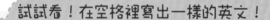

試試看！在空格裡寫出一樣的英文！

✎ 這是困難的 → It is hard

✎ 這是困難的 / 我的媽媽 → It is hard / for my mother
　　　　　　　　　　　　　　　　　　　　　　/

✎ 這是困難的 / 我的媽媽 / 餵飽他們全部 →
It is hard / for my mother / to feed them all
　　　　　　　　　　/　　　　　　　　　　/

90

## STEP 2

### 由關鍵字 hard 帶出的句型大變身

# It is hard for + 某人 + to~

是很困難的　　　某人 要做某事

關鍵字「hard」所帶出的基本句型，就像上面的句子一樣。

現在讓我們流利地造個句子吧！

## ❶ 我爸爸要賺很勹錢是很困難的。

（ 這是困難的 / 我爸爸 / 賺很多錢 ）

→ It is hard for  my father  to  make much money.

對照原文： It is hard for  my mother  to  feed them all.

## ❷ 我的朋友要說服他們是很困難的。

（ 這是困難的 / 我朋友 / 説服他們 ）

→ **It is hard for** my friend **to** persuade them.

你也可以做得到！

解答：P. 244

提示 和睦相處：get along

請填滿下面的空格。

1. 這是困難的 / 他 / 通過入學考試

→ ____ ____ ____ him ___ pass the entrance exam.

2. 這是困難的 / 我的姪子 / 和人們和睦相處

→ It is hard for _____ _____ to _____ _____ with people.

**STEP 3**

今天的文法&代換練習

# It is hard for my mother to feed them all.

這個句子裡隱藏了重要的文法哦！也就是虛主詞和真主詞的觀念。

這兩個詞聽起來很難嗎？虛主詞就是假的主詞，而真主詞就是真的主詞，大家只要想想看就可以理解了哦！

  虛主詞和真主詞

**It is** hard for my mother **to** feed them all.
虛主詞 　執行後面動作的人或物　　真主詞

在這個句子裡，it 並沒有真正的意思，只是具有當主詞的功能，所以叫它「虛主詞」。

for my mother 則是「後面動作的執行者」，而 to feed them all 則說明了這句話真正要說的具體內容，所以我們叫它「真主詞」。

虛主詞、真主詞的文法裡頭，像 hard 一樣常常出現的形容詞還有不少呢！那麼讓我們一起按照英文字母的順序來記看看吧！

good（好的）　　easy（容易的）　　natural（自然的）
bad（壞的）　　hard（困難的）　　dangerous（危險的）
important（重要的）　　necessary（必要的）

我們用這些形容詞造幾個句子看看吧！

• **It is** bad **to** blame them.（責怪他們是不好的。）
　虛主詞　　　　真主詞

• **It is** dangerous **to** cross the river.（渡河是很危險的。）
　虛主詞　　　　　　　真主詞

好！現在有沒有更了解虛主詞和真主詞的用法了呢？

現在你馬上就要變成文法超人囉！

解答：P. 244

好！直接代換試試看！

1. 學英文是困難的。

→ _____ _____ hard _____ study English.

2. 考試合格是重要的。

→ _____ _____ important _____ pass the test.

feed

**BONUS!** 舉一反十！單字連鎖記憶法！

　　在基本句型裡出現的單字 feed，我們用它轉換成幾個單字吧！

　　 eed 的意思是「餵養、養活」的意思，我們把 feed 第一個字母 f 換成d 的話，就變成 deed 這個字了。 eed 有「行為」意思，而用 h 來代換的話，就變成 eed，也就是「小心」的意思了。再用 r 來代換就變成 eed「蘆葦」；換成 s 變成 eed「種子」；換成 w 則成了 weed「雜草」的意思了。把 feed 換過第一個字母之後變成的單字，按照英文字母的順序排列出來吧！

　　今天的單字，就這麼流暢地出現囉！

| feed - deed - heed - reed - seed - weed |
| --- |
| 餵養　　　行為　　　小心；注意　　　蘆葦　　　種子　　　雜草 |

## STEP 4
### 用關鍵字製作自己的中英字典

☞ 《祕密花園》的關鍵字是？ **hard**

☞ 關鍵句是？

## It is hard for my mother to feed them all.

那麼現在我們來製作中英字典吧！

Let's get started! 開始吧！

**N 名詞：baby 嬰兒**
It is hard for her to take care of the baby.
（她要照顧嬰兒是很困難的。）

**V 動詞：keep 維持**
It is hard for us to keep nature clean.
（我們要維持大自然的乾淨是很困難的。）

**N 名詞：survivor 生還者**
It is hard for the search party to rescue the survivors from the jungle.
（搜索隊要從叢林裡救出生還者是很困難的。）

現在，讓我們來製作自己的中英字典吧！

首先，我想寫出這個句子：「要達成我的目標是很困難的。」那麼我們只要在已學過的句子裡，改填入「達成」這個詞就好了，是吧！

好！那我們來填一填以下的空格，然後用我們想要學習的單字，製作屬於自己的中英字典吧！

製作自己的中英字典

解答：P. 244

| 中文 | 英文單字 | 例句 |
|---|---|---|
| 達成 | | It is hard for me to _____ my goals.<br>（我要達成我的目標是很困難的。） |
| | | |

挑戰！ 記住本書23句 用英文字母的提示將前一課的關鍵字和句子默寫出來吧！

| 英文字母 | 關鍵字 | 句子 |
|---|---|---|
| a | | |
| b | | |
| c | | |
| d | | |
| e | | |
| f | | |
| g | | |
| h | | |

# Island
## 格列佛遊記

❶ be 動詞 + 形容詞 + 介系詞
❷ 介系詞 + 動名詞　❸ 被動語態

🎧 L09 Story

　　在《格列佛遊記》（*Gulliver's Travels*）裡頭，出現了「小人國」、「大人國」、「飛島」和「馬國」的故事。主角格列佛第三次出海時，去到了飛翔在天空中的拉普達島，在那裡遇見了瘋瘋癲癲的科學家，還有被舊習慣綁住、個性死板又愛空想的人們。在這島上，精疲力盡的格列佛說出了下面這句話：

**I was weary of being confined to an island.**
（我已經厭倦了被關在島上。）

今天的 文法

文法❷：介系詞 + 動名詞　　　關鍵字：island 島

**I was weary of being confined to an island.**

文法❶：be 動詞 + 形容詞 + 介系詞　　文法❸：被動語態

96

## STEP 1
### 這句中文的英文怎麼說？

# 我 / 厭倦了 / 被關 / 在島上

格列佛被關在空中的拉普達島上，讓他覺得很煩躁。
而大家對於自己是「英文啞巴」這件事，一定也很厭煩了吧！
只要跟著本書的學習法，一定能夠脫離「啞巴」的行列哦！
在這個單元裡，我們先用中文整理一下基本句型吧！

☞ 我已經厭倦了被關在島上。

記住關鍵字
island！

試試看！在空格裡寫出一樣的英文！

✐ 我 → I

✐ 我 / 厭倦了 → I / was weary of /

✐ 我 / 厭倦了 / 被關 → I / was weary of / being confined
　　　　　　　/　　　　　　　/

✐ 我 / 厭倦了 / 被關 / 在島上 →
I / was weary of / being confined / to an island
　　/　　　　　　　/　　　　　　　/

## STEP 2
由關鍵字island帶出的句型大變身

# I was weary of 動詞ing
我　　　厭倦了　　　　做某件事

關鍵字「island」所帶出的基本句型，就像上面的句子一樣。

weary 這個字，也常會用 tired 來代替，大家可以參考一下。

**❶ 我厭倦了踢足球。**

（我厭倦了 / 踢足球）

→ I was weary of  playing soccer.

對照原文： I was weary of  being confined to an island.

**❷ 我厭倦了學數學。**

（我厭倦了 / 學數學）
→ I **was weary of** studying math.

你也可以做得到！

解答：P. 244

請填滿下面的空格。

🖊 1. 我 / 厭倦了 / 看這部戲劇

→ _____ _____ _____ _____ watching the drama.

🖊 2. 我 / 厭倦了 / 彈鋼琴

→ I was weary of _____ the _____ .

## STEP 3
今天的文法&代換練習

# I was weary of being confined to an island.

透過這個句子，我們將會學到「be 動詞之後出現形容詞，然後接上介系詞」，還有「在介系詞後面一定會使用名詞」，最後則是「被動語態」的用法。

介系詞會放在名詞前面，就像中文「往」（方向）使用的介詞，是類似的用法。

 今天的 **文法❶** be 動詞 + 形容詞 + 介系詞

be 動詞之後會接形容詞和介系詞來使用。就像形容詞 weary 後面加上介系詞 of 一樣，**在特定形容詞後面一定只能接固定的介系詞哦！**

- I was late for class. （我上課遲到了。）
  be 動詞 + 形容詞 late + for
- He was absent from school yesterday. （他昨天沒去學校。）
  be 動詞 + 形容詞 absent + from
- She is so proud of her son. （她非常以她兒子為傲。）
  be 動詞 + 形容詞 proud + of

 好！直接代換試試看！

解答：P. 244

1. 我在約定時間遲到了。
   → I was _____ _____ the appointment.

2. 珍因她媽媽而感到驕傲。
   → Jane is _____ _____ her mother.

## 今天的 文法❷ 介系詞 + 動名詞

介系詞後面原則上必須接名詞，
看看下面的例句吧！

現在你馬上就要變成文法超人囉！因為你採用了本書的學習法！

- Thank you **for** your advice. （謝謝你的忠告。）
  　　　　　介系詞 + 名詞
- Thank you **for** your present. （謝謝你的禮物。）
  　　　　　介系詞 + 名詞

不過，介系詞後面有時也會接動詞，但此時要讓動詞變成像名詞一樣，所以在動詞後面加 -ing，變成「動名詞」來表示哦！**要注意，不變成「動名詞」的動詞是不可以直接接在介系詞後面的喔！**

- Thank you **for** inviting me. （謝謝你邀請我。）
  　　　　　介系詞 + 動名詞
- Thank you **for** taking me home. （謝謝你送我回家。）
  　　　　　介系詞 + 動名詞

### 好！直接代換試試看！

解答：P. 244

(提示) 見面：meet

(提示) 修理：fix

1. 謝謝你和我見面。

→ Thank you ＿＿＿＿＿＿ ＿＿＿＿＿＿ me.

2. 謝謝你修理我的自行車。

→ Thank you ＿＿＿＿＿＿ ＿＿＿＿＿＿ my bicycle.

be 動詞後面加上「過去分詞（動詞 + ed）」，就變成被動語態了。

**被動語態 = be 動詞 + 過去分詞（動詞 + -ed）**

看看下面的句子吧！

I love you.（我愛你。）
➡ 我（I）是「去愛」的人，所以是「主動」的。

但是！

You are loved by me.（你被我愛。）
➡ 你（you）是「被愛」的人，所以是「被動」的。

像這樣，包含「be 動詞 + 過去分詞（動詞 + -ed）」的構句，我們稱它是「被動語態」的句子。

主 I **love** you. → 被 You **are loved by** me.

用這兩種句型，來寫寫看其他句子吧！

I hate him.　　　（我討厭他。）　主
➡ He is hated by me.（他被我討厭。）　被

I respect the teacher.　　　（我尊敬老師。）　主
➡ The teacher is respected by me.（老師被我尊敬。）　被

那麼，現在大家都完全了解了嗎？

好！直接代換試試看！

解答：P. 244

提示 教授：professor
提示 信賴：trust

1. 我信賴那位教授。

→ I _____ the _____ .

2. 那位教授被我信賴。

→ The _____ is _____ by _____ .

這個單元的基本句型，學到了很多東西。be 動詞後面出現形容詞，之後就要接特定的介系詞；介系詞後面出現動詞的話，就要寫成動名詞；還有要表達被動意義的時候要改用被動語態呢！現在，離我們變成英文超人，又更進一步了哦！

**BONUS!** 舉一反十！單字連鎖記憶法！

基本句型裡的單字 weary 裡面藏著「穿」wear 這個字哦！我們想像一下這個句子：「我發誓不要買貴的衣服。」在 wear 前面放上 s 變成 swear 這個字，它就是「發誓」的意思哦！意思相同的單字還有 pledge 和 vow 這些字。好，我們來整理一下吧！

今天的相關單字，流暢地跑出來囉！

| weary | - | wear | - | swear | - | pledge | - | vow |
|-------|---|------|---|-------|---|--------|---|-----|
| 厭倦 | | 穿 | | 發誓 | | 發誓 | | 發誓 |

## STEP 4
### 用關鍵字製作自己的中英字典

☞ 《格列佛遊記》的關鍵字是？ island

☞ 關鍵句是？

# I was weary of being confined to an island.

那麼我們把悶到發慌的格列佛放進中英字典裡去吧！

Let's get started! 開始吧！

**Ⓥ 動詞：meet 見面**
I was weary of meeting my boyfriend.
（我厭倦了與我的男朋友見面。）

**Ⓝ 名詞：book 書**
I was weary of reading books.
（我厭倦了讀書。）

**Ⓥ 動詞：compose 作曲**
I was weary of composing music.
（我厭倦了作曲。）

現在，讓我們來製作自己的中英字典吧！

首先，我想寫出這個句子：「我厭倦了照顧我的姪子。」那麼我們只要在已學過的句子裡，改填入「姪子」這個詞就好了，是吧！

好！那我們來填一填以下的空格，然後用我們想要學習的單字，製作屬於自己的中英字典吧！

解答：P. 244

製作自己的中英字典

| 中文 | 英文單字 | 例句 |
|------|---------|------|
| 姪子 | | I was weary of taking care of my _____.<br>（我厭倦了照顧我的姪子。） |
| | | |

挑戰！ 記住本書23句　用英文字母的提示將前一課的關鍵字和句子默寫出來吧！

| 英文字母 | 關鍵字 | 句子 |
|---------|--------|------|
| a | | |
| b | | |
| c | | |
| d | | |
| e | | |
| f | | |
| g | | |
| h | | |
| i | | |

# Jacket
## 小婦人

今天的
**文法**

## ① 兩個字構成的動詞

🎧 L10 Story

露意莎・梅・奧爾柯特的作品《小婦人》（*Little Women*），裡面描述善良又誠實的梅格、熱愛文學的喬、喜愛音樂的貝絲，還有愛畫畫的艾美，這四位個性完全不同的姊妹的故事。某一天，夢想成為小說家的第二個女兒——喬，投入很多心血之後，終於完成了小說的原稿，當她正準備要出門時，出現了這樣一句話：

**She put on her hat and jacket as noiselessly as possible.**
（她盡可能安靜地穿戴她的帽子和夾克。）

今天的
文法

文法 ❶：兩個字構成的動詞　　　關鍵字：jacket 夾克

She put on her hat and jacket as noiselessly as possible.

She put on her hat and jacket as noiselessly as possible.

## STEP 1
**這句中文的英文怎麼說？**

# 她 / 穿戴 / 她的帽子和夾克 / 盡可能安靜地

　　立志成為作家的少女終於將原稿完成，喬高興地快要飛上天去了呢！大家想像一下她高興地穿衣戴帽的樣子吧！

　　讓我們先用中文整理一下基本句型。

☞ **她盡可能安靜地穿戴帽子與夾克。**

記住關鍵字 jacket 哦！

**試試看！在空格裡寫出一樣的英文！**

✏️ 她 ➜ She _____

✏️ 她 / 穿戴 ➜ She / put on _____ /

✏️ 她 / 穿戴 / 她的帽子和夾克 ➜ She / put on / her hat and jacket

_____ / _____

✏️ 她 / 穿戴 / 她的帽子和夾克 / 盡可能安靜地 ➜
She / put on / her hat and jacket / as noiselessly as possible

_____ / _____ / _____

## STEP 2

### 由關鍵字jacket帶出的句型大變身

## She put on ~
她　　穿上……

關鍵字「jacket」所帶出的基本句型，就像上面的句子一樣。

上面這句話的構造，是在主詞後面放上「**動詞 + 介系詞**」，來表達「做某件事」的意思。我們來看看其他具有相同構造的動詞吧！

| | | | |
|---|---|---|---|
| • call off ~ | 取消 | • call on ~ | 拜訪 |
| • look for ~ | 找尋 | • look after ~ | 照顧 |
| • put off ~ | 延期 | • put on ~ | 穿上；戴上 |
| • take off ~ | 脫下 | • take for ~ | 認為 |
| • turn on ~ | 打開 | • turn off ~ | 關掉 |

### ❶ 她取消了去郊遊的計畫。

（她 / 取消了 / 計畫 / 去郊遊）
→ She called off  the plan to go on a picnic.

**對照原文：** She put on  her hat and jacket as noiselessly as possible.

### ❷ 她穿上她最喜歡的衣服。

（她 / 穿上 / 她最喜歡的衣服）
→ She **put on** her favorite dress.

109

請填滿下面的空格。

1. 她 / 開了 / 燈 / 一回家就

→ She _____ _____ the lights as soon as she got home.

2. 她 / 穿了 / 她的背心 / 盡快地

→ She _____ _____ her vest as quickly as possible.

3. 你應該 / 讀 / 多一些 / 書 / 盡可能地

→ You should _____ as _____ books as possible.

4. 你上班時 / 誰 / 來照料 / 你的孩子？

→ Who will _____ _____ your children while you go out to work？

## STEP 3
### 今天的文法＆代換練習

# She put on her hat and jacket
# as noiselessly as possible.

在這個句子裡，放了兩個單字為一組的表現法哦！動詞（put）後面接上介系詞（on），也就是用兩個字來共同表現出動詞的意思哦！

## 今天的文法❶ 兩個字構成的動詞

英文中有像是 eat、make、think 這樣，使用一個單字的表現方法。不過，在動詞之後加上介系詞，用「兩個單字」來表達動詞的方式也是不少。

在「由關鍵字帶出的句型大變身」的單元中已經提到了幾個例子，但因為有些動詞主要都由兩個字組成，所以請大家一定要記住唷！我們已經把這些單字用英文字母的順序排好了，相信大家一定能輕易地儲存在腦袋瓜裡頭哦！

| | | | |
|---|---|---|---|
| call off ~ | 取消 | take apart ~ | 拆開 |
| get along | 和睦相處 | take in ~ | 接受 |
| get over ~ | 克服 | take off ~ | 脫下 |
| go through ~ | 經歷 | turn down ~ | 拒絕 |
| look for ~ | 找尋 | turn off ~ | 關掉 |
| put off ~ | 延期 | turn on ~ | 打開 |

那麼，我們來看看例句吧！

- She <u>called off</u> the flight schedule because of the bad weather.
  （她因為惡劣天候而取消了班機行程。）
- I <u>went through</u> something strange.
  （我經歷了某件奇特的事。）
- You may <u>take off</u> your jacket here.
  （你可以把夾克脫在這裡。）

went 是 go 的過去式啦！

解答：P. 244

 好！直接代換試試看！

1. 她拒絕了我的提議。

→ She _____ _____ my proposal.

2. 我取消了約會

→ I _____ _____ my appointment.

其實並沒有很難，對吧！

## STEP 4

**用關鍵字製作自己的中英字典**

☞ 《小婦人》的關鍵字是？ jacket

☞ 關鍵句是？

## She put on her hat and jacket as noiselessly as possible.

那麼，我們把文學少女──喬放到中英字典裡頭去吧！

Let's get started! 開始吧！

**N** 名詞：necklace **項鍊**
She put on her necklace for the party.
（她戴上項鍊去參加派對。）

**A** 形容詞：missing **失蹤的**
She is looking for her missing child.
（她正在尋找她失蹤的孩子。）

**N** 名詞：mitten **連指手套**
She put on her favorite mittens.
（她戴上了她最喜歡的連指手套。）

　現在，讓我們來製作自己的中英字典吧！

　首先，我想寫出這個句子：「她脫掉了不舒服的鞋子。」那麼我們只要在已學過的句子裡，改填入「不舒服」這個詞就好了，是吧！

　好！那我們來填一填以下的空格，然後用我們想要學習的單字，製作屬於自己的中英字典吧！

 製作自己的中英字典

解答：P. 244

| 中文 | 英文單字 | 例句 |
|------|---------|------|
| 不舒服的 | | She took off the ＿＿＿＿＿＿＿＿ shoes.<br>（她脫掉了不舒服的鞋子。） |
| | | |

挑戰！ 記住本書23句 **用英文字母的提示將前一課的關鍵字和句子默寫出來吧！**

| 英文字母 | 關鍵字 | 句子 |
|---------|--------|------|
| a | | |
| b | | |
| c | | |
| d | | |
| e | | |
| f | | |
| g | | |
| h | | |
| i | | |
| j | | |

我們來學一學，帶有 hat 這個字的單字吧！

我想要的帽子（hat），正戴在我討厭的光頭男生頭上。真的很討厭（hate）那個人啊！那個生氣時連光頭都會變紅的男生，讓我覺得好厭惡（hatred）哦！在厭惡裡還藏了 red 這個字～

 一步再1步

我們用 red 這個字，進一步學學更難的單字吧！很久以前人們舉行祭典時，覺得野獸流出的血是很神聖的。「神聖的」這個字，英文就是 sacred。sacred 裡面有 red 這個字對吧！為了舉行祭典，野獸們犧牲了。用 sac 在 sacred 裡面表示犧牲，就可以記住 sacrifice（犧牲）這個單字了唷！

 一步再2步

最後，我們再來學一個單字吧！西班牙（Spain）是因為鬥牛而有名的。因為發火而猛撲過來的牛，不斷想用牠的角（horn）把鬥牛士的旗子一條條撕碎！「撕碎」的英文就是 shred 囉！我們可以把 red 前面的 s 和 h，想成是 Spain 和 horn 哦！另外，shred 也有使用在起司條的包裝上，表示條狀物，大家在買起司條時，記得睜大眼睛看清楚哦！

那麼今天的單字，很流暢地串起來了！

| hat - | hate - | hatred - | sacred - | sacrifice - | shred |
|-------|--------|----------|----------|-------------|-------|
| 帽子 | 討厭 | 厭惡 | 神聖的 | 犧牲 | 撕碎 |

horn

# Knife 湯姆叔叔的小屋

## ❶ 動詞 remember

🎧 L11 Story

　　史托夫人的作品《湯姆叔叔的小屋》（*Uncle Tom's Cabin*）是一部很有名的小說，因為它讓美國總統林肯有了解放奴隸的想法。

　　小說的主角是身為奴隸的湯姆叔叔。殘酷的主人勒格里要求湯姆叔叔也要虐待其他的黑人奴隸，但是他並沒有聽主人的話。因為這樣，他被主人毒打一頓。勒格里的另一個奴隸—凱茜就跑來照顧湯姆叔叔，並且對他說自己以前的事情。

### I remember seeing a great sharp bowie-knife on the table.
（我記得我在桌上看到一把又大又鋒利的獵刀。）

今天的 文法

文法❶：動詞 remember

### I remember seeing a great sharp bowie-knife on the table.

關鍵字：knife 刀

## STEP 1

### 這句中文的英文怎麼說？

# 我 / 記得 / 看到 / 又大又鋒利的獵刀 / 在桌上

在別人面前，總是高高在上想要統治別人，這可是不行的唷！

一起跟著本書學習的朋友們！當看到不好的制度或事情時，知道要思考並作出正確行動的小孩是最優秀的了！

我們先把句子用中文整理一下吧！

☞ **凱茜記得在桌子底下，看到一把又大又鋒利的獵刀。**

記住關鍵字 knife 哦！

 試試看！在空格裡寫出一樣的英文！

✏ 我記得 → I remember ⬚

✏ 我記得 / 看到 → I remember / seeing ⬚ /

✏ 我記得 / 看到 / 又大又鋒利的獵刀 →
I remember / seeing / a great sharp bowie-knife
⬚ / ⬚ /

✏ 我記得 / 看到 / 又大又鋒利的獵刀 / 在桌上 →
I remember / seeing / a great sharp bowie-knife / on the table
/ ⬚ / ⬚ / ⬚

## STEP 2

由關鍵字knife帶出的句型大變身

# I remember + 動詞ing

我　　　記得　　　曾經（做了……事情）

關鍵字「knife」所帶出的基本句型，就像上面的句子一樣。

現在我們來造個句子好了！流暢地把一句話變成很多句吧！

❶ 我記得之前見過他。

（我 / 記得 / 見過他 / 之前）

→ I remember  meeting  him before.

對照原文：I remember  seeing  a great sharp bowie-knife on the table.

❷ 我記得我和朋友踢過足球。

（我 / 記得 / 踢過足球 / 和朋友）

→ I **remember** play**ing** soccer with my friend.

 你也可以做得到！

解答：P. 244

請填滿下面的空格。

1. 我 / 記得 / 唸英文 / 在圖書館

→ I remember ＿＿＿＿＿＿＿＿ English in the ＿＿＿＿＿＿＿＿ .

2. 我 / 記得 / 贏得第一名 / 在英文能力競賽

→ ＿＿ ＿＿＿＿＿ ＿＿＿＿＿ the best prize in the English proficiency

contest.

**STEP 3**

今天的文法&代換練習

# I remember seeing a great sharp bowie-knife on the table.

透過這個句子，我們可以了解動詞 remember 的性質。

 動詞 remember 的性質

remember 有「記憶」的意思。在 remember 後面接上 -ing 形的動詞，就代表「記得以前做過某件事」哦！

---

remember + 動詞ing ➜ 記得 以前已經做過的事

例 I **remember** seeing you before. （我記得我以前看過你。）

例 He **remembered** turning off the gas. （他記得有關瓦斯。）

例 I **remember** taking the medicine. （我記得自己有吃了藥。）

---

在過去已經看過了，在 remember 之後寫上 seeing 就對囉！

那麼，我們再來試試另一種！

remember 後面如果接的是「to + 動詞原形」的話，就代表「記得我之後要做的事情」哦！

remember + to 動詞原形 ➜ 記得 之後要去做的事（尚未去做）

例 I **remember to** wash the dishes after eating dinner.
（我記得晚飯後要去洗碗盤。）

例 **Remember to** write us when you get there.
（到那邊別忘了寫信給我們。）

記得晚飯後要去洗碗盤這件事，就要在 remember 後面加上 to wash 啦！

好！直接代換試試看！

解答：P. 244
提示 散步：take a walk

1. 我記得我在房間看到了皮包。

   ➜ I remember _____ a bag in the room.

2. 我記得早餐後要去散步。

   ➜ I remember _____ _____ a walk after eating the breakfast.

3. 我記得曾在哪裡見過你。

   ➜ I remember _____ you somewhere.

現在，大家是不是更了解 remember 的用法了呢？

## STEP 4
### 用關鍵字製作自己的中英字典

☞ 《湯姆叔叔的小屋》關鍵字是？ knife

☞ 關鍵句是？

I remember seeing a great sharp bowie-knife on the table.

那麼，我們把有勇氣對抗強權的湯姆叔叔放到中英字典裡頭去吧！

Let's get started! 開始吧！

**Ⓝ 名詞：tiger 老虎**
I remember seeing the tiger in the zoo.
（我記得我在這動物園裡看過那隻老虎。）

**Ⓥ 動詞：catch 抓**
I remember catching a rabbit in the winter.
（我記得我在冬天抓過兔子。）

**Ⓝ 名詞：badger 獾**
I remember seeing a badger in the mountain.
（我記得我在這山上看過獾。）

現在，讓我們來製作自己的中英字典吧！

首先，我想寫出這個句子：「我記得我推薦過那個學生。」那麼我們只要在已學過的句子裡，改填入「推薦」這個詞就好了，是吧！

好！那我們來填一填以下的空格，然後用我們想要學習的單字，製作屬於自己的中英字典吧！

 **製作自己的中英字典**

| 中文 | 英文單字 | 例句 |
|------|---------|------|
| 推薦 | | I remember _____ the student.<br>（我記得我推薦過那個學生。） |
| | | |

| 英文字母 | 關鍵字 | 句子 |
|---|---|---|
| a | | |
| b | | |
| c | | |
| d | | |
| e | | |
| f | | |
| g | | |
| h | | |
| i | | |
| j | | |
| k | | |

我們來學一學在基本句型裡出現的 table 這個字。

首先把 able 第一個字母 t 改成 c， able 這個字就出現囉！它是「電線」的意思。大家應該常聽到「有線電視」這個詞吧！那這次把 t 改成 f 如何？換成 able 出現囉！它是「寓言」的意思。想起伊索寓言了吧！那把 t 再改成 s 的話，就成了 able ，也就是屬於松鼠科的動物——可愛的「貂」哦！

接下來，我們在 table 前面加上一些綴字吧！ table 前面加上 s ，就變成 stable ，「穩定」的意思啦！大家一定要記得，「穩定」這個字是形容詞哦！ table 前面加上 vege 的話，就變成 vegetable ，也就是「蔬菜」啦！

很流暢地就寫出今天的單字了吧！

| cable - fable - sable - table - stable - vegetable |
|---|
| 電線　　　寓言　　　貂　　　桌子　　　穩定　　　蔬菜 |

125

# Long
## 愛麗絲
## 鏡中奇緣

# ❶ 動詞 take

🎧 L12 Story

在路易斯·卡若爾的作品《愛麗絲夢遊仙境》的續集《愛麗絲鏡中奇緣》（*Through the Looking-Glass*）裡，愛麗絲來到一個所有東西都顛倒相反的鏡子國。在那裡，愛麗絲遇見了白女王、紅心女王、崔德兄弟，還有之後每次出現都往旁邊跌倒的白騎士。白騎士和愛麗絲道別時，拜託她一定要看著他離開，直到看不見了為止。聽到他這麼說的愛麗絲，心裡頭這麼想：

### It won't take long to see him off.
（目送他離開不會花太久的時間。）

今天的
文法

關鍵字：long 久的

### It won't take long to see him off.

文法❶：動詞 take

It won't take long
to see him off.

127

## STEP 1

這句中文的英文怎麼說？

# 不會花太久的時間 / 目送他離開

所有東西都會變相反的國度耶！如果去那裡旅行，一定很好玩吧！

因為連很難的英文也會通通變簡單呀！

啊，不對！這樣子本書原本很簡單的學習法也會變困難的！不行！

我們還是留在這裡學英文好了啦！


先把句子用中文整理一下吧！

☞ 愛麗絲想著：「**目送白騎士離開應該不會花太久的時間吧！**」

試試看！在空格裡寫出一樣的英文！

✎ 不會花太久的時間 ➜
It won't take long


✎ 不會花太久的時間 / 目送他離開 ➜
It won't take long / to see him off

/

## STEP 2

由關鍵字 long 帶出的句型大變身

# It won't take long to 動詞原形
不會　　花太久的時間　　　做某事

關鍵字「long」所帶出的基本句型，就像上面的句子一樣。
很簡單對吧！現在來造個流利的句子吧！

## ❶ 整理書籍不會花太久的時間

（不會花太久的時間 / 整理書籍）
→ It won't take long to  arrange the books.

對照原文：It won't take long to  see him off.

## ❷ 修冰箱不會花太久的時間

（不會花太久的時間 / 修冰箱）
→ It won't take long to  fix the refrigerator.

不用太久我就會變成英文超人！

解答：P. 245

你也可以做得到！

請填滿下面的空格。

🖊 1. 不會花太久的時間 / 鋪路

→ _____ _____ _____ _____ _____ pave the road.

🖊 2. 不會花太久的時間 / 做我的作業

→ It won't take long to _____ _____ _____.

## STEP 3
今天的文法＆代換練習

# It won't take long to see him off.

透過這個句子，我們可以了解動詞 take 的性質。

 今天的 **文法①** 動詞 take 的性質

動詞 take 之後如果出現時間，代表的是「花費…時間」的意思。

It will **take** three hours to finish the work.
（要花三個小時完工。）

這個單元基本句型，是在 take 後面加上 long，而這裡則是用具體的時間代替 long 來表現時間哦！我們依序來學學和時間有關的字吧！

second（秒）　minute（分）　hour（小時）　day（日）
week（週）　month（月）　year（年）　century（世紀）

這裡並沒有照英文字母的順序，而是照時間的長短，由短排到長。就算不看它們，要記起來也很容易。請大家用嘴巴反覆唸個幾次吧！

好！直接代換試試看！

解答：P. 245

1. 做作業要花 30 分鐘。

→ _____ _____ _____ 30 minutes to finish the homework.

2. 做一把椅子要花一個禮拜。

→ It will take a _____ to _____ a _____ .

大家都已經知道在 take 後面出現時間，就會變成「花…時間」的意思。
仔細有條理地學習動詞的性質，大家全都會變成動詞超人哦！

**BONUS!** 舉一反十！單字連鎖記憶法！

讓我們帶著關鍵字 long，發揮豐富的想像力來學習單字吧！
long 當動詞使用時，是「渴望」的意思哦！大家請留意一下！
好的！那麼來看看其他單字吧！long 表示「久的、長的」，因此它也和
「長壽」有關，是吧！「長壽」的英文是 longevity。而想要變成「延長」、
「增長」的意思，只要在 long 前面加上 pro，就成了prolong了！

long - longevity - prolong
長的　　　　　長壽　　　　　拖延；增長

longevity

long

## STEP 4
**用關鍵字製作自己的中英字典**

☞ 《愛麗絲鏡中奇緣》的關鍵字是？ long

☞ 關鍵句是？

# It won't take long to see him off.

那麼，我們跟愛麗絲一起來製作中英字典吧！

Let's get started! 開始吧！

**Ⓝ 名詞：magazine 雜誌**
It won't take long to read the magazine.
（讀這本雜誌不會花太久的時間。）

**Ⓥ 動詞：find 找**
It won't take long to find the missing child.
（要找那個失蹤的小孩不用花太久的時間。）

**Ⓝ 名詞：garbage 垃圾**
It won't take long to throw away the garbage.
（倒垃圾不會花太久的時間。）

現在，讓我們來製作自己的中英字典吧！

首先，我想寫出這個句子：「除蟲不會花太久的時間。」那麼我們只要在已學過的句子裡，改填入「除蟲」這個詞就好了，是吧！

好！那我們來填一填以下的空格，然後用我們想要學習的單字，製作屬於自己的中英字典吧！

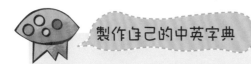製作自己的中英字典

解答：P. 245

| 中文 | 英文單字 | 例句 |
|------|----------|------|
| 除去 | | It won't take long to _____ the bugs.<br>（除蟲不會花太久的時間。） |
| | | |

挑戰！ 記住本書23句 用英文字母的提示將前一課的關鍵字和句子默寫出來吧！

| 英文字母 | 關鍵字 | 句子 |
|----------|--------|------|
| a | | |
| b | | |
| c | | |
| d | | |
| e | | |
| f | | |
| g | | |
| h | | |
| i | | |
| j | | |
| k | | |
| l | | |

# Man
## 彼得潘

**❶ 動詞 want**

🎧 L13 Story

　　在詹姆斯・馬修・巴利的作品《彼得潘》（*Peter Pan*）裡，彼得潘跑到溫蒂的家，帶溫蒂和她弟弟們去夢幻島（*Neverland*）。在那裡，彼得潘和孩子們打敗了海盜，幸福又快樂地住在一起。

　　但在某一天，彼得潘向溫蒂說：

### I don't want to be a man.
（我不想變成大人。）

**今天的文法**

關鍵字：man 男人，大人

## I don't want to be a man.

文法❶：動詞 want

134

## STEP 1

**這句中文的英文怎麼說？**

# 我 / 不想 / 變成大人

彼得潘說他不想變成大人耶！你們覺得呢？

假如變大人之後，英文可以變好的話，就可以給周遭的人很多幫助了。

好！一起去征服英文吧！我們走！

我們先把句子用中文整理一下吧！

☞ 彼得潘對溫蒂說：「**我不想變成大人。**」

**試試看！在空格裡寫出一樣的英文！**

✏ 我 → I

✏ 我 / 不想 → I / don't want /

✏ 我 / 不想 / 變成大人 → I / don't want / to be a man.
　　　　　　　　　　　 /　　　　　　　 /

## STEP 2

由關鍵字 man 帶出的句型大變身

# I don't want to 動詞原形

我　　　不想　　　　　做某事

關鍵字「man」所帶出的基本句型，就像上面的句子一樣。

I don't want to 後面接上動詞原形的話，就變成「我不想做…」的意思哦！

### ❶ 我不想和那個人結婚。

（ 我不想 / 和那個人結婚 ）

→ I don't want to  marry the man.

對照原文： I don't want to  be a man.

> 我不想吃飯！

### ❷ 我不想看雜誌。

（ 我不想 / 看這本雜誌 ）

→ I **don't want to** read the magazine.

I don't want to 這句話如果拿掉 don't，就會變成 I want to 了！

這句話的就變成「我想要…」的意思哦！

- I want to <u>find</u> my ring. （我想要找我的戒指。）
- I want to <u>get</u> my notebook back. （我想拿回我的筆記本。）

解答：P. 245

你也可以做得到！

請填滿下面的空格。

1. 我不想看那部電影。

→ _____ _____ _____ _____ watch the movie.

2. 我想參加那場比賽。

→ I want to _____ _____ in the game.

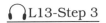
## STEP 3
### 今天的文法&代換練習

# I don't want to **be a man.**

透過這個句子，我們可以了解動詞 want 的性質。

 今天的 **文法❶** 動詞 want 的性質

動詞 want 後面要用「to + 動詞原形（to 不定詞）」。用法一樣的動詞還有別的，我們用英文字母的順序排出來，大家一定要記住它們唷！

| | | |
|---|---|---|
| agree | （同意） | |
| choose | （選擇） | |
| decide | （決定） | |
| expect | （期望） | |
| hesitate | （猶豫不決） | |
| hope | （希望） | |
| intend | （打算） | + to V.（不定詞） |
| learn | （學習） | |
| plan | （計畫） | |
| pretend | （假裝） | |
| refuse | （拒絕） | |
| threaten | （威脅，恐嚇） | |
| try | （試圖，爭取） | |
| want | （想要） | |

現在我們用例句來學習這些動詞的用法吧！

- We **decided to** go on a picnic this weekend.
  decide + to 不定詞

（我們決定這個週末去野餐。）

- Don't **hesitate to** ask me when you have any questions.
  hesitate + to 不定詞

（有任何問題，請發問，不要猶豫。）

- He always **pretends to** be smart.
  pretend + to 不定詞

（他總是假裝聰明。）

- She **refused to** accept my suggestion.
  refuse + to 不定詞

（她拒絕接受我的建議。）

就像例句裡的 decide、hesitate、pretend、refuse 這些字，全都要在後面加上「to + 動詞原形」哦！請大家把上面這些字好好放進你的腦袋裡，然後來造幾個句子吧！

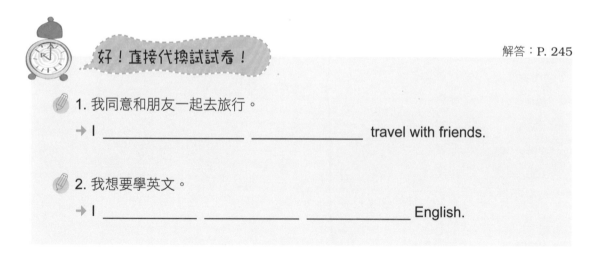

解答：P. 245

好！直接代換試試看！

1. 我同意和朋友一起去旅行。

→ I ＿＿＿＿＿＿＿＿ ＿＿＿＿＿＿ travel with friends.

2. 我想要學英文。

→ I ＿＿＿＿＿ ＿＿＿＿＿ ＿＿＿＿＿ English.

請不要忘記和 want 有關的動詞，大家一定要記住唷！

## STEP 4
### 用關鍵字製作自己的中英字典

☞ 《彼得潘》的關鍵字是？ man

☞ 關鍵句是？

# I don't want to be a man.

那麼，我們跟彼得潘一起在中英字典裡飛翔吧！

Let's get started! 開始吧！

**N 名詞：floor 地板**
I don't want to clean the floor.
（我不想清地板。）

**V 動詞：send 傳送**
I don't want to send him a text message.
（我不想傳簡訊給他。）

**N 名詞：article 文章**
I don't want to read the article.
（我不想讀這篇文章。）

現在，讓我們來製作自己的中英字典吧！

首先，我想寫出這個句子：「我不想出版他的書。」那麼我們只要在已學過的句子裡，改填入「出版」這個詞就好了，是吧！

好！那我們來填一填以下的空格，然後用我們想要學習的單字，製作屬於自己的中英字典吧！

| 中文 | 英文單字 | 例句 |
|------|---------|------|
| 出版 | | I don't want to _____ his book.<br>（我不想出版他的書。） |
| | | |

**BONUS!** 舉一反十！單字連鎖記憶法！

　　我們更換關鍵字 man 的第一個字母，來學學其他單字吧！

　　ban 有「禁止」的意思；can 則是助動詞「可以做…」的意思，它和名詞「罐頭」使用的是同一個字哦！fan 是「電風扇」和「負債」的意思。在平底鍋（frying pan）的 pan，意思是「扁平的鍋子」。tan 是「曬黑」，大家常聽到「靠日光浴曬黑皮膚」（suntan）這種說法，對吧！

　　那麼，今天要學的單字通通串在一起囉！

**ban - can - fan - pan - tan**

禁止　　可以　　電風扇　　平底鍋　　曬黑

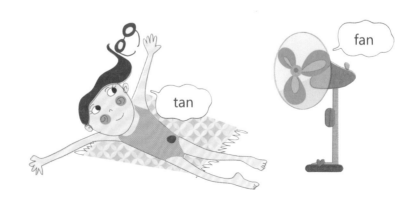

| 英文字母 | 關鍵字 | 句子 |
|---|---|---|
| a | | |
| b | | |
| c | | |
| d | | |
| e | | |
| f | | |
| g | | |
| h | | |
| i | | |
| j | | |
| k | | |
| l | | |
| m | | |

# **N**ewspaper
## 小公子

**❶ enough 的用法**

🎧L14 Story

　　在法蘭西斯·柏納特的作品《小公子》（*Little Lord Fauntleroy*）故事中，主角賽得里克是個貧窮的少年，在爸爸過世之後，只能和媽媽相依為命過日子。村裡的人雖然生活也很窮困，但他們都非常愛護可愛又得人緣的賽得里克。

　　有一天，住在英國的爺爺把賽得里克帶回英國去，賽得里克就變成有錢公爵的孫子了。下面句子是賽得里克去英國之前，故事描寫他在美國原來生活的樣子。

### The boy is old enough to sell newspapers.
（這男孩已大到可以去賣報紙了。）

今天的
文法

關鍵字：newspaper 報紙

### The boy is old <u>enough</u> to sell newspapers.

文法❶：enough

## STEP 1

這句中文的英文怎麼說？

# 男孩 / 年紀到了 / 足夠 / 可以賣報紙

賽得里克在村民的眼中，是個受人疼愛又可愛的孩子呢！

爺爺和賽得里克，兩個人是否能處得很好呢？

賽得里克和爺爺到底過得如何，想知道的朋友們一定要去看「小公子」

哦！

好！現在我們專注在英文上頭吧！

我們先把句子用中文整理一下！

☞ **賽得里克的年紀已經大到可以賣報紙了。**

試試看！在空格裡寫出一樣的英文！

🖊 男孩 → The boy

🖊 男孩 / 年紀到了 → The boy / is old

/

🖊 男孩 / 年紀到了 / 足夠 → The boy / is old / enough

/ /

🖊 男孩 / 年紀到了 / 足夠 / 可以賣報紙 →
The boy / is old / enough / to sell newspapers

/ / /

## STEP 2

### 由關鍵字newspaper帶出的句型大變身

# The boy is + 形容詞 + enough to 動詞原形

男孩　　　　　形容詞　　　　到可以　　　　做某事

關鍵字「newspaper」所帶出的基本句型，就像上面的句子一樣。
是不是很簡單啊？現在我們來造幾個句子吧！

❶ 男孩聰明到可以解開複雜的數學題目。

（ 男孩 / 聰明 / 足以 / 解開複雜的數學題目 ）
→ The boy is <u>smart</u> enough to <u>solve the difficult math questions.</u>

對照原文： The boy is <u>old</u> enough to <u>sell newspapers.</u>

❷ 男孩強壯到可以舉起很重的石頭。

（ 男孩 / 強壯 / 足以 / 舉起很重的石頭 ）
→ The boy **is** <u>strong</u> **enough to** <u>lift the heavy rock.</u>

我美得讓人
目不轉睛！

你也可以做得到！

解答：P. 245

請填滿下面的空格。

1. 男孩 / 個子高 / 足夠 / 手碰到天花板

→ The boy _____ _____ enough to reach the ceiling.

2. 男孩 / 帥氣 / 足夠 / 吸引人們的視線

→ The boy _____ _____ enough to attract attention.

147

## STEP 3
今天的文法&代換練習

# The boy is old enough to sell newspapers.

我們來看看在這句子裡出現的 enough 吧！

 **enough 的用法**

副詞 enough 是用來修飾前面的形容詞，後面要加上 to 不定詞哦！

---

形容詞 + enough + to 不定詞

例 The man **is** brave **enough to** go to the tombs alone at night.
　　　　　 形容詞 + enough + to 不定詞
（那個人勇敢到晚上可以一個人去墓地。）

例 The woman **is** fortunate **enough to** win the lottery.
　　　　　　 形容詞 + enough + to 不定詞
（那個女人運氣好到可以中樂透。）

例 The boy **is** honest **enough to** tell his faults.
　　　　　 形容詞 + enough + to 不定詞
（那個男孩誠實到可以說出他的錯誤。）

---

　　在 enough 前面，如果出現 brave（勇敢）、fortunate（幸運）、honest（誠實）這類的形容詞，那後面就要加上 to go、to win、to tell 這類的 to 不定詞，這點大家一定要牢牢記住唷！

知道愈來愈多新的文法規則，對我們來說是很好的。因為只要合乎規則，自己就可以造出新的句子了！

解答：P. 245

好！直接代換試試看！

1. 我勇敢到可以晚上一個人去上廁所。

   → I am ＿＿＿＿ ＿＿＿＿ ＿＿＿＿ go to the toilet alone at night.

2. 男孩聰明到足以贏得獎賞。

   → The boy is ＿＿＿＿ ＿＿＿＿ ＿＿＿＿ win a prize.

3. Tony 高到可以打籃球了。

   → Tony is ＿＿＿＿ ＿＿＿＿ ＿＿＿＿ play basketball.

大家已經了解 enough 的用法了。

到現在我們學的文法，別忘了在句子裡反覆熟悉它們呀！

再不久我們連英文論文也可以寫得嚇嚇叫！為了有那麼一天，我們好好加油吧！

## STEP 4
### 用關鍵字製作自己的中英字典

☞ 《小公子》的關鍵字是？ newspaper

☞ 關鍵句是？

## The boy is old enough to sell newspapers.

那麼，跟討人喜歡的賽得里克一起製作我們的中英字典吧！

Let's get started! 開始吧！

**N 名詞：beggar 乞丐**
The boy is kind enough to help the beggar.
（男孩善良到願意幫助乞丐。）

**A 形容詞：poor 貧窮的**
The boy is poor enough to deliver newspapers every morning.
（男孩窮到每天早上去送報紙。）

**N 名詞：bully 不良份子，惡霸**
The boy is angry enough to hit the bully.
（男孩生氣到去打那個惡霸。）

現在，讓我們來製作自己的中英字典吧！

首先，我想寫出這個句子：「男孩身手敏捷到可以去抓奔跑的兔子。」那麼我們只要在已學過的句子裡，改填入「敏捷的」這個詞就好了，是吧！

好！那我們來填一填以下的空格，然後用我們想要學習的單字，製作屬於自己的中英字典吧！

 製作自己的中英字典

解答：P. 245

| 中文 | 英文單字 | 例句 |
|------|---------|------|
| 敏捷的 | | The boy is _____ enough to catch the running rabbit.<br>（男孩身手敏捷到可以去抓奔跑的兔子。） |
| | | |

我們把基本句型裡 old 這個字，變成別的單字試試看吧！

首先，把單字 old 前面放上字母 b 的話，就變成 bold「大膽的」的意思囉！接下來依照英文字母的順序，把字母一個一個換上去看看吧！

cold（冷的）、fold（折疊）、gold（金子）、hold（抓，舉辦）、mold（模子）。好！我們已經從 old 學到好幾個單字啦！一定要記得，要培養出不偷看單字也能記住的習慣哦！

那麼，今天的單字就通通串在一起囉！

| old - bold - cold - fold - gold - hold - mold |
| --- |
| 年紀大的　大膽的　　冷的　　折疊　　金子　抓，舉辦　　模子 |

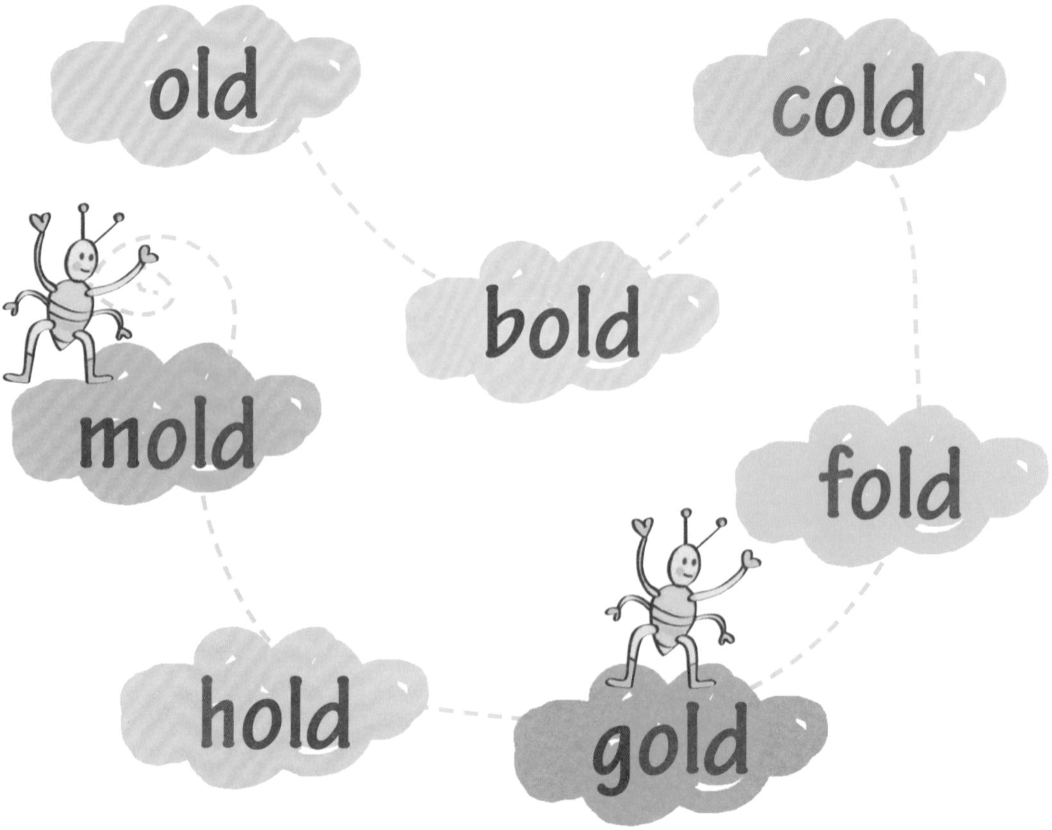

old

cold

bold

mold

fold

hold

gold

| 英文字母 | 關鍵字 | 句子 |
|---|---|---|
| a |  |  |
| b |  |  |
| c |  |  |
| d |  |  |
| e |  |  |
| f |  |  |
| g |  |  |
| h |  |  |
| i |  |  |
| j |  |  |
| k |  |  |
| l |  |  |
| m |  |  |
| n |  |  |

# Order
## 阿拉丁神燈

**❶ 動詞 order**

🎧 L15 Story

《天方夜譚》（又名《一千零一夜》 *"One Thousand and One Nights"*）其中有個故事叫「阿拉丁神燈」，裡頭出現一個想要得到神燈的壞魔法師。魔法師欺騙公主，把阿拉丁帶在身上的神燈放在手裡，然後把公主連同宮殿一起送到了很遠很遠的地方。

阿拉丁一路上歷經千辛萬苦，總算找到了公主和宮殿所在的地方，打敗了魔法師並且重新找回他的神燈。這時阿拉丁對著神燈下命令：

### He ordered that the palace be carried back to China.
（他命令把這個宮殿移回中國去。）

今天的
文法

文法**❶**：動詞 order

### He ordered that the palace be carried back to China.

關鍵字：order 命令

He ordered that the palace be carried back to China.

## STEP 1
### 這句中文的英文怎麼說？

# 他命令 / 宮殿 / 要移回 / 去中國

如果神燈就在旁邊，想不想許個願望讓自己的英文變得一級棒呢？

喂喂！這神燈只能變出實際的東西，沒辦法改變看不見的本質啦！英文是要自己努力學習才會變好的啦！

那麼，朝著困難的英文前進吧！

我們先把句子用中文整理一下囉！

☞ **阿拉丁命令把宮殿移回中國去。**

試試看！在空格裡寫出一樣的英文！

🖊 他命令 → He ordered

🖊 他命令 / 宮殿 → He ordered / that the palace
　　　　　　　　　　　　　　/

🖊 他命令 / 宮殿 / 要移回 →
He ordered / that the palace / be carried back
　　　　　/　　　　　　　　/

🖊 他命令 / 宮殿 / 要移回 / 去中國 →
He ordered / that the palace / be carried back / to China.
　　　/　　　　　　　/　　　　　　　/

## STEP 2

### 由關鍵字order帶出的句型大變身

# He ordered that + 主詞 + 動詞原形
他　　　　命令　　　　　　主詞　　　　做某事

關鍵字「order」所帶出的基本句型，就像上面的句子一樣。

在動詞 order 之後接著出現的主詞，後面其實省略了 should 這個字，所以主詞後面的位置一定要接動詞原形哦！好！把下面的句子用英文寫寫看吧！

## ❶ 他命令他們在七點以前到達目的地。

（他命令 / 他們 / 到達目的地 / 七點以前）

→ He ordered that <u>they arrive at the destination by 7.</u>

對照原文： He ordered that <u>the palace be carried back to China.</u>

## ❷ 他命令我們繼續前進。

（他命令 / 我們 / 繼續前進）

→ He **ordered that** we **keep** marching.

### 你也可以做得到！

解答：P. 245

請填滿下面的空格。

1. 他命令 / 我 / 要穿工作服

   → ＿＿＿＿＿ ＿＿＿＿＿＿ ＿＿＿＿＿＿ I wear the uniform.

2. 他命令 / 我 / 要做作業

   → He ordered that ＿＿＿＿＿ ＿＿＿＿＿ my ＿＿＿＿＿ .

## STEP 3

今天的文法＆代換練習

# He ordered that **the palace** <u>be</u> carried back to China.

透過這個句子，我們更了解動詞 order 的性質了。

 今天的 文法❶ 動詞 order 的性質

在堅決主張（insist）、命令（command, order）、建議（propose, suggest）、要求（demand）這些動詞後面接上 that 之後，就要接子句的主詞，它後面其實省略了 should，所以主詞需要接動詞原形，所以與時態和人稱無關哦！我們來看看例句好了！

- I **insisted that** she accept his apology.
  insist ＋ 主詞＋動詞原形
  （我堅決主張她應該要接受他的道歉。）

- They **ordered that** we leave the place immediately.
  order ＋ 主詞＋動詞原形
  （他們命令我們立刻離開這個地方。）

- She **suggested that** I marry her cousin.
  suggest ＋ 主詞＋動詞原形
  （她建議我和她的表哥結婚。）

- We **demanded that** he negotiate with the company.
  demand ＋ 主詞＋動詞原形
  （我們要求他和公司協商。）

就像我們在例句裡確認過的，這些主詞不論後面的時態或是人稱是什麼，都必須接 accept（接受）、leave（離開）、marry（結婚）、negotiate（談判；協商）這類的動詞原形。請大家一定要記得唷！

解答：P. 245

**好！直接代換試試看！**

1. 老師命令我們出去教室外面。

   → The teacher _____ that we go out of the _____ .

2. 我建議老師開始上課。

   → I _____ that the teacher _____ the _____ .

3. 海倫堅持要他出席。

   → Helen _____ that he be _____ .

現在離你成為文法和動詞超人的那一天，已經不遠了！
因為你用本書的學習法學習英文喔！

## STEP 4
**用關鍵字製作自己的中英字典**

☞ 《阿拉丁神燈》的關鍵字是？ **order**

☞ 關鍵句是？

# He ordered that the palace be carried back to China.

現在就讓我們坐上英文的魔毯，飛進中英字典裡去吧！

Let's get started! 開始吧！

**N 名詞：president 董事長，社長**
The president ordered that she leave the company.
（董事長命令她離開公司。）

**V 動詞：eat 吃**
He ordered that I eat the noodle.
（他要求我吃麵。）

**N 名詞：package 行李**
He ordered that I carry the package.
（他命令我搬行李。）

現在，讓我們來製作自己的中英字典吧！

首先，我想寫出這個句子：「他命令我搬化妝台。」那麼我們只要在已學過的句子裡，改填入「化妝台」這個詞就好了，是吧！

好！那我們來填一填以下的空格，然後用我們想要學習的單字，製作屬於自己的中英字典吧！

 製作自己的中英字典

解答：P. 245

| 中文 | 英文單字 | 例句 |
|------|----------|------|
| 化妝台 | | He ordered that I carry the _____.<br>（他命令我搬化妝台。） |
| | | |

我們來學一學，裡面有 order 這個字的其他單字吧！

order 有「訂購」的意思。想要在外國訂購東西的話，一定要越過「國境」吧！「國境」這個字，就是在 order 前面加上 b，變成 border 這個字了。國境代表我們國家和其他國家的邊界。而「邊界」這個字也和 border 一樣，是用 b 作開頭的字，叫做 boundary 哦！

那麼，今天的單字就通通串在一起囉！

## order - border - boundary

訂購　　　國境　　　　邊界

boundary

| 英文字母 | 關鍵字 | 句子 |
|---|---|---|
| a | | |
| b | | |
| c | | |
| d | | |
| e | | |
| f | | |
| g | | |
| h | | |
| i | | |
| j | | |
| k | | |
| l | | |
| m | | |
| n | | |
| o | | |

# Pary
## 阿爾卑斯山的少女海蒂

今天的
**文法**

## ❶ 動詞 forget

🎧L16 Story

　　喬安娜・史畢麗所寫的《阿爾卑斯山的少女海蒂》（*Heidi*），主角海蒂失去了父母，被帶到住在阿爾卑斯牧場的爺爺那裡，並和他一起生活。海蒂即使在困難的環境中，她還是用她樂觀又開朗的個性，讓爺爺和她的關係變得更要好，並且，她也時常幫助身體不好的女孩克拉拉。

　　就在某一天，海蒂和奶奶一起討論關於祈禱這件事。奶奶是這麼跟海蒂說的：

### We must never forget to pray.
（我們絕對不要忘記禱告。）

今天的
文法

關鍵字：pray 禱告

### We must never forget to <u>pray</u>.

文法❶：動詞 forget

## STEP 1

### 這句中文的英文怎麼說？

# 我們 / 絕對不要忘記 / 禱告

海蒂的奶奶說千萬不要忘記禱告。

這也是老師想要跟大家說的話哦！

「各位小朋友！絕對不要忘記學英文哦！」

We must never forget to study English.

我們先把句子用中文整理一下吧！

☞ 奶奶跟海蒂說：「**絕對不要忘記禱告。**」

試試看！在空格裡寫出一樣的英文！

🖉 我們 → We _____

🖉 我們 / 絕對不要忘記 → We / must never forget

_____ /

🖉 我們 / 絕對不要忘記 / 禱告 →
We / must never forget / to pray

_____ / _____

## STEP 2

### 由關鍵字 pray 帶出的句型大變身

## We must never forget to 動詞原形
我們　絕對　　不要　　忘記　去　做某事

關鍵字「pray」的基本句型，就像上面的句子一樣。

這很簡單吧！現在我們來造幾個句子吧！

**❶ 我們絕對不要忘記守住這個祕密。**

（我們 / 絕對不要忘記 / 守住這個祕密）

→ We must never forget to  keep the secret.

對照原文： We must never forget to  pray.

**❷ 我們絕對不要忘記尊重人們。**

（我們 / 絕對不要忘記 / 尊重人們）

→ We **must never forget to** respect people.

請不要忘記用本書
的方法學英文！

解答：P. 245

你也可以做得到！

請填滿下面的空格。

🖉 1. 我們絕對不要忘記 / 照顧貧窮的人

→ _____ _____ _____ _____ _____ take care of the poor.

🖉 2. 我們絕對不要忘記 / 帶他回家

→ We must never forget to _____ _____ back home.

## STEP 3
今天的文法＆代換練習

# We must never forget to pray.

這個句子裡使用動詞 forget，它是怎麼使用的呢？
現在讓我們一起來看看！

## 動詞 forget 的性質

動詞 forget 後面要接「to + 動詞原形」，來表示我們「之後要做的事」。

**forget + to + 動詞原形** → 表示之後要做的事（尚未做）

例 Don't <u>forget</u> <u>to</u> <u>mail</u> the letter on your way home.
　　　　 forget + to + 動詞原形
（不要忘記回家途中要去寄信。）

因為還沒有去寄信，所以 forget 後面寫的是 to mail 哦！

不過，forget 之後如果接「動詞ing」的話，表示的則是「已經做過的事」哦！

**forget + 動詞ing** → 表示已經做過的事

例 Don't <u>forget</u> <u>meeting</u> me at the park yesterday.
　　　　 forget + 動詞ing
（不要忘記你昨天在公園碰到我的事。）

因為昨天在公園已經見過面了，所以在 forget 後面寫的是 meeting 哦！

好！直接代換試試看！

解答：P. 245

1. 不要忘記寫作業。

→ _____ _____ _____ do your homework.

2. 不要忘記已經拿了禮物了。

→ _____ _____ _____ the present.

要好好記住英文句子，請大家絕對不要忘記哦！

169

## STEP 4
### 用關鍵字製作自己的中英字典

☞ 《阿爾卑斯山的少女海蒂》關鍵字是？ **pray**

☞ 關鍵句是？

# We must never forget to pray.

現在就讓我們和禱告的海蒂一起，進入中英字典裡去吧！

Let's get started! 開始吧！

**Ⓝ 名詞：body 身體**
We must never forget to keep our body healthy.
（我們絕對不要忘記維持我們的身體健康。）

**Ⓥ 動詞：help 幫助**
We must never forget to help the homeless.
（我們絕對不要忘記去幫助無家可歸的人。）

**Ⓝ 名詞：jail 監獄**
We must never forget to get him out of jail.
（我們絕對不要忘記要讓他脫離監獄。）

現在，讓我們來製作自己的中英字典吧！

首先，我想寫出這個句子：「我們絕對不要忘記保育森林。」那麼我們只要在已學過的句子裡，改填入「保育」這個詞就好了，是吧！

好！那我們來填一填以下的空格，然後用我們想要學習的單字，製作屬於自己的中英字典吧！

製作自己的中英字典

解答：P. 245

| 中文 | 英文單字 | 例句 |
|---|---|---|
| 保育 | | We must never forget to _____ the forests.<br>（我們絕對不要忘記保育森林。） |
| | | |

我們來學一學，裡面帶有「pray」這個字的有趣單字吧！

美麗的少女在自己的頭上撒了水，祈禱能遇見一位好男孩。在 pray 前面加上 s，就變成撒水的「水花」spray 這個字了哦！pray 這個字裡面，也藏了一個單字 ray，是「光線」的意思。我們常常聽到 X 光（x-ray）這個詞，對嗎？少女現在正想像自己遇見好男孩時，臉上光彩照耀的樣子，請大家也在腦袋裡想像這個少女開心的模樣哦！

那麼，今天的單字就通通串聯在一起囉！

### spray - pray - ray
水花　　　祈禱　　　光線

| 英文字母 | 關鍵字 | 句子 |
|---|---|---|
| a | | |
| b | | |
| c | | |
| d | | |
| e | | |
| f | | |
| g | | |
| h | | |
| i | | |
| j | | |
| k | | |
| l | | |
| m | | |
| n | | |
| o | | |
| p | | |

**挑戰！** **記住本書23句** 用英文字母的提示將前一課的關鍵字和句子默寫出來吧！

# Quiet
# 人面巨石

## ❶ 動詞 grow up + to 不定詞

🎧L17 Story

　　納撒尼爾・霍桑的作品《人面巨石》（*The Great Stone Face*），主角歐內斯特從小就是孤僻又敏感的人。但是歐內斯特卻是遠遠地看著人面巨石，然後成長為一個正直又賢明的人。

　　《人面巨石》的前半部，就說到這個聰明、敏銳的孩子因為人面巨石而轉變、成長的模樣。

### He grew up to be a mild and quiet boy.
（他長大成為一個溫和又文靜的男孩。）

今天的
文法

關鍵字：quiet 文靜的，安靜的

### He <u>grew</u> up to be a mild and quiet boy.

文法❶：動詞 grow

He grew up to be
a mild and quiet boy.

175

## STEP 1
**這句中文的英文怎麼說？**

# 他 / 長大 / 成為 / 溫和又文靜的男孩

我們也要像歐內斯特一樣，成為一個正直的人，對吧！學習英文也是一樣的哦！

學得愈認真，英文實力就累積得更多，大家都明白這個事實吧！

好！那麼不要放過一丁點的時間，向英文學習之路邁進吧！

我們先把句子用中文整理一下吧！

☞ **歐內斯特長大成為一個溫和又文靜的男孩。**

 **試試看！在空格裡寫出一樣的英文！**

🖊 他 → He ▭

🖊 他 / 長大 → He / grew up ▭ /

🖊 他 / 長大 / 成為 → He / grew up / to be
▭ / ▭

🖊 他 / 長大 / 成為 / 溫和又文靜的男孩 →
He / grew up / to be / a mild and quiet boy
▭ / ▭ / ▭ /

## STEP 2
### 由關鍵字quiet帶出的句型大變身

# He grew up to be ~
他　　　長大　　　成為…

關鍵字「quiet」所帶出的基本句型，就像上面的句子一樣。
這很簡單吧！現在我們來造幾個句子吧！

**❶ 他長大成為律師。**

（他長大 / 成為 / 律師）
→ He grew up to be  a lawyer.

對照原文： He grew up to be  a mild and quiet boy.

**❷ 他長大成為物理學家。**

（他長大 / 成為 / 物理學家）
→ He **grew up to be** a physicist.

我長大成為英語博士了，哇哈哈哈！

你也可以做得到！

請填滿下面的空格。

解答：P. 245

✎ 1. 他長大 / 成為 / 獸醫師
→ He grew up _____ _____ a _____.

✎ 2. 這對雙胞胎長大 / 成為 / 喜劇演員
→ The twins grew up _____ _____ _____.

## STEP 3

今天的文法＆代換練習

# He grew up to be a mild and quiet boy.

看了這個句子，我們可以了解動詞 grow 的性質。

 **文法❶** grow + to 不定詞

grow 的過去形態 grew，後面加上「to 不定詞」的話，就表示「長大後變成…」的意思。

grow + to 不定詞 ➡ 長大後變成…

例 He **grew up to be** a prosecutor.
    grew + to 不定詞
（他長大成為一個檢察官。）

例 She **grew up to be** an artist.
    grew + to 不定詞
（她長大成為一位藝術家。）

例 Tarzan **grew up to become** their leader.
    grew + to 不定詞
（泰山長大後成為牠們的領袖。）

好！直接代換試試看！

1. 他長大成為數學家。

→ He _____ _____ to be a mathematician.

2. 她長大成為作曲家。

→ She grew up _____ _____ a composer.

3. 他長大後成為一個大富翁。。

→ He _____ to be wealthy _____ .

超簡單的，對吧！

現在，成為英文超人的路就在眼前了！

## STEP 4
### 用關鍵字製作自己的中英字典

☞ 《人面巨石》關鍵字是？ quiet

☞ 關鍵句是？

# He grew up to be a mild and quiet boy.

現在就讓我們和聰明的歐內斯特，一起製作中英字典吧！

Let's get started! 開始吧！

Ⓝ 名詞：actor 演員
He grew up to be an actor.
（他長大成為一個演員。）

Ⓝ 名詞：performer 演奏家
He grew up to be a performer.
（他長大成為一個演奏家。）

Ⓝ 名詞：historian 歷史學家
He grew up to be a historian.
（他長大成為一個歷史學家。）

現在，讓我們來製作自己的中英字典吧！

首先，我想寫出這個句子：「他長大成為一個電影製片人。」那麼我們只要在已學過的句子裡，改填入「製片人」這個詞就好了，是吧！

好！那我們來填一填以下的空格，然後用我們想要學習的單字，製作屬於自己的中英字典吧！

**製作自己的中英字典**

解答：P. 245

| 中文 | 英文單字 | 例句 |
|------|----------|------|
| 製片人 | | He grew up to be a _____.<br>（他長大成為一個製片人。） |
| | | |

我們用基本句型裡出現的單字 grew 來學學另外幾個單字吧！

若把 grew 的第一個字母 g 換成 b 的話，就變成 brew 這個字了哦！brew 有「釀造啤酒」的意思，而製作啤酒的釀酒廠，就叫做 brewery。那我們再把 grew 的 g 換成 c 的話，又變成 crew 這個字了，它是「船員」的意思唷！

那麼，今天的單字就通通串在一起囉！

## grew - brew - brewery - crew
### 長大     釀造     釀酒廠     船員

brew

挑戰！ 記住本書23句    用英文字母的提示將前一課的關鍵字和句子默寫出來吧！

| 英文字母 | 關鍵字 | 句子 |
|---|---|---|
| a | | |
| b | | |
| c | | |
| d | | |

| 英文字母 | 關鍵字 | 句子 |
|---|---|---|
| e | | |
| f | | |
| g | | |
| h | | |
| i | | |
| j | | |
| k | | |
| l | | |
| m | | |
| n | | |
| o | | |
| p | | |
| q | | |

# Room
## 小公主

**❶ used to 的用法**

🎧 L-18 Story

　　法蘭西斯・伯納特的作品《小公主》（*The Little Princess*）裡，主角席拉是出生在有錢人家、讀私立學校的獨生女。有一天爸爸的律師朋友來到學校，告訴大家席拉的爸爸生意失敗，失去了所有財產，之後席拉就在學校打零工來維持生活。

　　席拉在白天做的是掃廁所、跑跑腿這種粗活，而晚上就回到閣樓，一邊冷得發抖，一邊打著瞌睡。那個場景出現了下面這句話：

She used to look into the warm rooms.
（她以前總是看著溫暖的房間。）

今天的
文法

關鍵字：room 房間

She used to look into the warm rooms.

文法❶：used to

84

## STEP 1
### 這句中文的英文怎麼說？

# 她 / 以前總是看著 / 溫暖的房間

在某天早上突然失去了所有，一下子變得貧窮的席拉，她心裡會有多痛苦呢？

如果我們用功讀書，英文也變得很好的話，應該可以安慰席拉的心情吧！

不管怎麼說，讓我們朝著小公主的句子邁進吧！

我們先把句子用中文整理一下囉！

☞ **莎拉以前總是看著溫暖的房間。**

試試看！在空格裡寫出一樣的英文！

🖊 她 → She ____

🖊 她 / 以前總是看著 → She / used to look into

____ / ____

🖊 她 / 以前總是看著 / 溫暖的房間 →
She / used to look into / the warm rooms

____ / ____ / ____

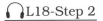 

## STEP 2

### 由關鍵字room帶出的句型大變身

# She used to 動詞原形
她　過去　總是　　做某事

關鍵字「room」所帶出的基本句型，就像上面的句子一樣。

好！那我們就來造幾個句子看看吧！

used to 是「過去總是如此而現在不是這樣」的意思，請大家留意一下哦！其實我們在第二課《綠野仙蹤》的文法學習中就已經談過了呢！翻回去再複習一次吧！

## ❶ 她以前住在都市。

（ 她 / 以前住在 / 都市 ）
→ She used to live in the city.

對照原文：She used to look into the warm rooms.

## ❷ 她以前總在鏡子前許願。

（ 她 / 以前總是許願 / 在鏡子前面 ）
→ She **used to make** wishes before the mirror.

記住關鍵字 room 吧！

解答：P. 245

### 你也可以做得到！

請填滿下面的空格。

1. 她 / 以前總是散步 / 在午餐之後
   → She used to ＿＿＿＿ a ＿＿＿＿ after ＿＿＿＿＿＿＿ .

2. 他 / 以前總是說謊 / 對我
   → He used to ＿＿＿＿＿＿＿＿ to ＿＿＿＿＿＿ .

## STEP 3
今天的文法&代換練習

# She used to look into the warm rooms.

這個句子裡面有非常重要的文法觀念哦！

那就是 used to 還有 be used to 的用法。

 今天的 文法❶ used to 和 be used to 的用法

如果在 used to 後面接動詞原形的話，就會變成「以前總是如此，而現在不是這樣」的意思。

used to + 動詞原形 ➜ 以前總是… （現在不是這樣）

例 She **used to** wear glasses. （她以前總是戴眼鏡。）
　　　 used to + 動詞原形

這裡是說「她以前都戴眼鏡，但現在並沒有再戴」的意思。也許是因為眼睛自己變好了，或是動了手術等等的理由吧！

例 He **used to** be a soldier. （他以前是軍人。）
　　　 used to + 動詞原形

這裡是說「他以前是軍人，但現在並不是軍人」的意思。已經不是軍人，代表他已經退伍囉！

比較起來，be used to 後面加上「動詞ing」來使用的話，就是「習慣於…」的意思了。

be used to + 動詞ing → 習慣於…

例 The foreigner **is used to** eat**ing** Taiwanese food.
           be used to   +   動詞ing
（那個外國人習慣吃台灣料理。）

例 He **is used to** gett**ing** up early in the morning.
     be used to   +   動詞ing
（他習慣在早上早起。）

迎接新的學習之路來前進吧！

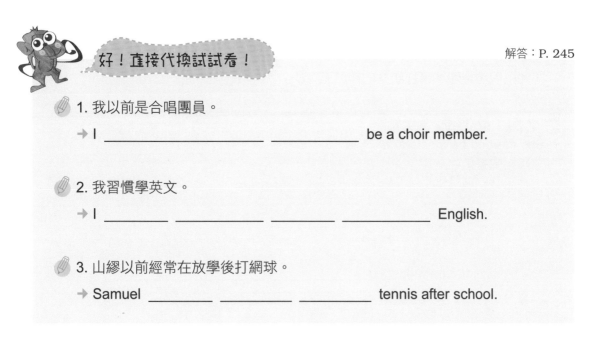

好！直接代換試試看！

解答：P. 245

1. 我以前是合唱團員。

→ I _____ _____ be a choir member.

2. 我習慣學英文。

→ I _____ _____ _____ _____ English.

3. 山繆以前經常在放學後打網球。

→ Samuel _____ _____ _____ tennis after school.

## STEP 4
### 用關鍵字製作自己的中英字典

☞ 《小公主》的關鍵字是？ room

☞ 關鍵句是？

# She used to look into the warm rooms.

現在就讓我們和可憐的小公主一起進入溫馨的中英字典裡吧！

Let's get started! 開始吧！

**N 名詞：nurse 護士**
She used to be a nurse.
（她以前是護士。）

**V 動詞：stop 停下來**
She used to stop by my office.
（她以前總是停下來拜訪我的辦公室。）

**N 名詞：sculptor 雕刻家**
She used to be a sculptor.
（她以前是個雕刻家。）

現在，讓我們來製作自己的中英字典吧！

首先，我想寫出這個句子：「她以前都坐火車通勤。」那麼我們只要在已學過的句子裡，改填入「通勤」這個詞就好了，是吧！

好！那我們來填一填以下的空格，然後用我們想要學習的單字，製作屬於自己的中英字典吧！

製作自己的中英字典

解答：P. 245

| 中文 | 英文單字 | 例句 |
|------|----------|------|
| 通勤 | | She used to _____ to work by train.<br>（她以前都坐火車通勤。） |
| | | |

讓我們用關鍵字 room，來學學另外幾個單字吧！

「在房間使用的東西」是什麼，大家知道嗎？就是「掃把」了。在 room 前面加上 b 作為第一個字母，就變成 broom「掃把」這個字了。當要結婚的時候，新郎的心情就像是飛上雲端一樣高興。「新郎」就是在 room 前面加上 g 而變成 groom 這個字囉！最後，在房間裡長出蘑菇了！「蘑菇」就是在 room 前面加上 mush，而變成 mushroom 這個單字哦！

那麼，今天的單字就通通串在一起了！

## room - broom - groom - mushroom

| 房間 | 掃把 | 新郎 | 蘑菇 |

挑戰！ 記住本書23句 用英文字母的提示將前一課的關鍵字和句子默寫出來吧！

| 英文字母 | 關鍵字 | 句子 |
| --- | --- | --- |
| a |  |  |
| b |  |  |
| c |  |  |

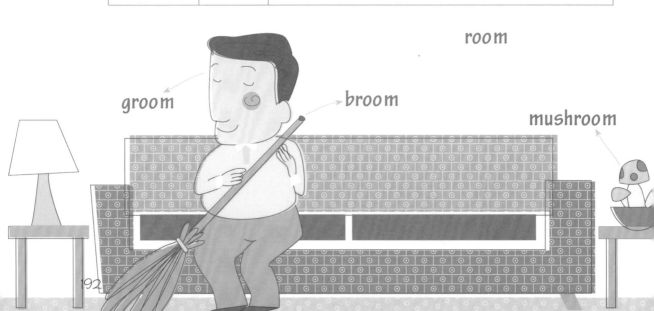

| 英文字母 | 關鍵字 | 句子 |
|---|---|---|
| d | | |
| e | | |
| f | | |
| g | | |
| h | | |
| i | | |
| j | | |
| k | | |
| l | | |
| m | | |
| n | | |
| o | | |
| p | | |
| q | | |
| r | | |

# Shell
## 清秀佳人

今天的
**文法**

## ❶ 動詞 finish

🎧 L19 Story

　　露西·蒙哥瑪利的作品《清秀佳人》（*Anne of Green Gables*），其中有一幕，馬麗拉女士弄丟了她最喜歡的紫水晶胸針。她問安妮有沒有看到胸針，安妮回答她說，雖然有碰過那個胸針，但沒有把它拿走。不過馬麗拉卻認為安妮說了謊話，就叫她在房間裡好好地反省。

　　安妮問馬麗拉女士，可不可以把正在剝的豌豆莢帶到房間裡繼續剝，馬麗拉冷冷地回答：

### I will finish shelling them myself.
（我會一個人剝完它們的。）

今天的
文法

關鍵字：shell 剝殼

## I will finish **shelling** them myself.

文法❶：動詞 finish

194

## STEP 1
### 這句中文的英文怎麼說？

# 我 / 會完成 / 剝它們 / 自己

後來真相大白了，安妮並沒有偷馬麗拉胸針呢！

還沒問清楚發生什麼事就隨便懷疑別人，這種行為是不可以的哦！

那麼，讓我們繼續沉浸在英文的世界裡吧！

我們先把句子用中文整理一下囉！

☞ 再複習一下，馬麗拉回答安妮說：「**我會自己剝完豆莢！**」

 試試看！在空格裡寫出一樣的英文！

✎ 我 → I ▢

✎ 我 / 會完成 → I / will finish ▢ /

✎ 我 / 會完成 / 剝它們 → I / will finish / shelling them
▢ / ▢ /

✎ 我 / 會完成 / 剝它們 / 自己 →
I / will finish / shelling them / myself
/ / /

196

## STEP 2

**由關鍵字shell帶出的句型大變身**

# I will finish 動詞ing
我　會　　完成　　做某事

關鍵字「shell」所帶出的基本句型，就像上面的句子一樣。

很簡單吧！現在我們來造幾個句子吧！

**❶ 我今晚會完成編輯文章。**

（我 / 會完成 / 編輯文章 / 今天晚上）

→ I will finish editing the article tonight.

對照原文： I will finish shelling them myself.

**❷ 我會在三十分鐘後完成打包行李。**

（我 / 會完成 / 打包行李 / 三十分鐘後）

→ I will **finish** pack**ing** the suitcase in thirty minutes.

 **你也可以做得到！**

解答：P. 245

請填滿下面的空格。

1. 我會完成 / 寫小說 / 週末前

→ I will finish ＿＿＿＿＿＿＿ the novel by the ＿＿＿＿＿＿ .

2. 我會完成 / 讀這本書 / 三個小時後

→ I will finish ＿＿＿＿＿ the book in ＿＿＿＿＿ ＿＿＿＿＿ .

197

## STEP 3
今天的文法&代換練習

# I will finish shelling them myself.

看了這個句子,我們可以了解動詞 finish 的性質。

 **動詞 finish 的性質**

就像我們在基本句型裡看到的,動詞 finish 後面接的是動名詞(在動詞後面加上 -ing,用來作為主詞或受詞)。我們用英文字母的順序來學一學這種動詞吧!

| | | |
|---|---|---|
| admit | 承認 | |
| avoid | 避開 | |
| consider | 考慮 | |
| deny | 否認 | |
| enjoy | 享受 | + 動名詞(動詞ing) |
| finish | 完成 | |
| give up | 放棄 | |
| mind | 介意 | |
| practice | 練習 | |
| stop | 停止 | |

那麼，現在讓我們用例句，來看看這麼寫對不對囉！

---

- She **enjoys** **going** on a picnic with her family.
  <br>enjoy ＋動名詞
  
  （她享受著和家人野餐的時光。）

- Would you **mind** **opening** the window?
  <br>mind ＋動名詞
  
  （你介意去開窗戶嗎？）

- I want you to **stop** smoking.
  <br>stop ＋動名詞
  
  （我要你停止吸煙。）

---

在 enjoy、mind、stop 這些動詞後面，真的加了 going、opening、smoking 這些字耶，都使用了-ing 的型態！

會有這種狀況是因為文法的關係，它是我們寫句子時需要的規則哦！

請大家一定要記得用英文字母的順序來記這些字哦！


好！直接代換試試看！　　　　　　　　　　　　解答：P. 245

✏ 1. 你介意去關窗戶嗎？

　→ Would you mind ＿＿＿＿＿＿＿＿＿＿ the window?

✏ 2. 他放棄打這場籃球比賽。

　→ He ＿＿＿＿＿ ＿＿＿＿ ＿＿＿＿ the basketball game.


這一章已經是「S」了哦！已經沒剩下多少句子了。到最後都不要放棄唷！

## STEP 4

### 用關鍵字製作自己的中英字典

☞ 《清秀佳人》的關鍵字是？ **shell**

☞ 關鍵句是？

**I will finish shelling them myself.**

現在就讓我們和正直的安妮，一起製作中英字典吧！

Let's get started! 開始吧！

**N 名詞：insect 昆蟲**
I will <u>finish observing</u> the insects in two hours.
（我會在兩個小時後完成昆蟲的觀察。）

**V 動詞：feed 餵食**
I will <u>finish feeding</u> the pigs in ten minutes.
（我會在十分鐘後餵完豬。）

**N 名詞：surface 表面**
We will <u>finish cleaning</u> the window surface of the building by tomorrow.
（我們會在明天之前清洗完這棟建築物的窗戶表面。）

現在，讓我們來製作自己的中英字典吧！

首先，我想寫出這個句子：「我會在七點之前沖洗好照片。」那麼我們只要在已學過的句子裡，改填入「沖洗」這個詞就好了，是吧！

好！那我們來填一填以下的空格，然後用我們想要學習的單字，製作屬於自己的中英字典吧！

 製作自己的中英字典

解答：P. 245

| 中文 | 英文單字 | 例句 |
|------|---------|------|
| 沖洗<br>（照片） | | I will finish _____ the pictures by seven.<br>（我會在七點之前沖洗好照片。） |
| | | |

我們用基本句型裡出現的單字 shell，來學學另外幾個單字吧！

關鍵字 shell 裡面，包含了帶有「地獄」意思的 hell 這個字。那麼我們把 hell 的第一個字母，用英文字母的順序代換其他字看看吧！

bell（鐘）- cell（細胞，牢房）- fell（打倒）- sell（賣）- tell（告訴）- well（好地，井）- yell（叫喊）

如何呢？只是把第一個字母換掉，也可以學到很多單字不是嗎？

那麼，今天的單字就通通串在一起囉！

| shell | - | hell | - | bell | - | cell | - | fell | - | sell | - | tell | - | well | - | yell |
|-------|---|------|---|------|---|------|---|------|---|------|---|------|---|------|---|------|
| 豆莢 | | 地獄 | | 鐘 | | 細胞，牢房 | | 打倒 | | 賣 | | 告訴 | | 好地，井 | | 叫喊 |

挑戰！ 記住本書23句 用英文字母的提示將前一課的關鍵字和句子默寫出來吧！

| 英文字母 | 關鍵字 | 句子 |
|---|---|---|
| a | | |
| b | | |
| c | | |
| d | | |
| e | | |

| 英文字母 | 關鍵字 | 句子 |
|---|---|---|
| f | | |
| g | | |
| h | | |
| i | | |
| j | | |
| k | | |
| l | | |
| m | | |
| n | | |
| o | | |
| p | | |
| q | | |
| r | | |
| s | | |

# Tiger
# 小王子

今天的
**文法**

### ❶ 引導詞 there

🎧 L20 Story

　　安東尼‧聖艾修伯里寫的《小王子》（*The Little Prince*）故事裡，一位飛行員因為飛機故障，所以迫降在沙漠裡面。飛行員在那裡遇見了一位小王子，小王子就告訴飛行員，自己生活的小星球只有玫瑰、樹還有火山口而已。然後小王子又說：

## There are no tigers on my planet.
（我的星球上沒有老虎。）

今天的
文法

關鍵字：tiger 老虎

## There are no <u>tigers</u> on my planet.

文法❶：引導詞 there

## STEP 1

### 這句中文的英文怎麼說？

# 沒有 / 老虎 / 在我的星球上

　　小王子生活的小星球，只有一朵玫瑰、隨時要清理的樹苗以及三座火山而已。

　　真是個小巧可愛的地方呀！老師也好想馬上去那裡看看呢！

　　但是如果老師去了小星球的話，說不定會緊緊地黏在那裡不想回來吧！哈哈！

　　我們先把句子用中文整理一下囉！

☞ 小王子說：**小星球上並沒有老虎。**

### 試試看！在空格裡寫出一樣的英文！

🖊 沒有 ➜ There are no _____

🖊 沒有 / 老虎 ➜ There are no / tigers

_____ / _____

🖊 沒有 / 老虎 / 在我的星球上 ➜
There are no / tigers / on my planet

_____ / _____ / _____

## STEP 2

由關鍵字 tiger 帶出的句型大變身

# There are no 某物 + 介系詞 + 某場所
沒有　　　某物　　　　在　　　　某場所

關鍵字「tiger」所帶出的基本句型，就像上面的句子一樣。

現在我們來造幾個句子吧！

❺ 書桌上沒有書。

（沒有 / 書 / 書桌上）
→ There are no <u>books</u> on the desk.

對照原文： There are no <u>tigers</u> on my planet.

❻ 大樓前面沒有車。

（沒有 / 車 / 在大樓前面）
→ **There are no** <u>cars</u> **in** front of the building.

你也可以做得到！

解答：P. 245

請填滿下面的空格。

1. 沒有 / 鏟子 / 倉庫裡
→ There are no _____ in the _____ .

2. 沒有 / 雜誌 / 閣樓裡
→ There were no _____ in the _____ .

STEP 3

今天的文法&代換練習

# There are no tigers on my planet.

看了這個句子，我們可以了解引導詞 there 的用法。

## 引導詞 there

本來 there 是「那裡」的意思，和表示「這裡」的 here 是相對的兩個詞。不過，當我們想要說「在哪裡有什麼東西」的句子時，there 就沒有特別的意思，它會被放在句子前面，好讓大家知道代表「物品所在的場所」的字，待會兒就要出場囉！

---

**There ~ + 場所** ➜ 在～場所 有…

例 There is **a cat** under the table.（有一隻貓在桌子下。）
　　There ~　　+　　　　場所

---

就像大家在例句裡看到的，there 先告訴我們小貓的場所就是 under the table。所以這句話的主詞其實不是 there，而是 a cat 呢！這是主詞出現在後面的特殊情況哦！

而如果主詞是複數的話，就要用 There are 來作句子的開頭哦！

---

例 There are **lions** in the cage.（籠子裡有獅子。）
　　There ~　　+　　場所

---

時態是過去式時，則必須用 There was 或 There were 來寫。

例 There was **a customer** in the store.（之前在店裡有一個客人。）
　　There was　　　+　　　場所

例 There were **cups** on the shelf.（之前架子上有杯子。）
　　There were　　　+　　　場所

那麼，讓我們用 There 作開頭來造句，大家現在有信心嗎？

解答：P. 245

好！直接代換試試看！

1. 地板上有娃娃。

→ There _____ _____ on the _____ .

2. 在辦公室有一個男人。

→ There _____ a _____ in the _____ .

## STEP 4
### 用關鍵字製作自己的中英字典

☞ 《小王子》的關鍵字是？ **tiger**

☞ 關鍵句是？

# There are no **tigers** on **my planet.**

現在，就讓我們和住在小小星球的小王子一起製作中英字典吧！

Let's get started! 開始吧！

**N 名詞：coin 硬幣**
There are no coins in the piggy bank.
（撲滿裡沒有硬幣。）

**N 名詞：ladder 梯子**
There are no ladders in the basement.
（地下室沒有梯子。）

**N 名詞：bat 蝙蝠**
There are no bats in the cave.
（洞穴裡沒有蝙蝠。）

那麼，現在我們直接來製作中英字典吧！

首先，我想寫出這個句子：「運動場上沒有球。」那麼我們只要在已學過的句子裡，改填入「運動場」這個詞就好了，是吧！

好！那我們來填一填以下的空格，然後用我們想要學習的單字，製作屬於自己的中英字典吧！

製作自己的中英字典

解答：P. 245

| 中文 | 英文單字 | 例句 |
|------|----------|------|
| 運動場 | | There are no balls on the _____. <br> （運動場上沒有球。） |
| | | |

**BONUS!** 舉一反十！單字連鎖記憶法！

　　我們用基本句型裡出現的單字 planet，來學學另外幾個單字吧！

　　planet 是「行星」的意思，這個字裡面藏了代表飛機的 plane 這個字哦！從行星回來的宇宙船正在跑道上迫降，plane 這個字又藏了 lane 跑道這個字呢！而「變換跑道」的英文，就是 change lanes。

　　planet 這個單字裡，還有 net 也在裡面哦！它是「網子」的意思。

　　那麼，今天的單字就通通串在一起囉！

| planet - plane - lane - net |
|---|
| 行星　　　飛機　　跑道　　網子 |

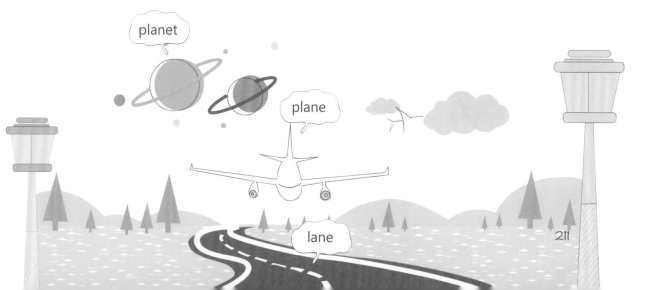

211

**挑戰！** **記住本書23句** 用英文字母的提示將前一課的句子和關鍵字默寫出來吧！

| 英文字母 | 關鍵字 | 句子 |
|---|---|---|
| a | | |
| b | | |
| c | | |
| d | | |
| e | | |
| f | | |
| g | | |
| h | | |
| i | | |
| j | | |

| 英文字母 | 關鍵字 | 句子 |
|---|---|---|
| k | | |
| l | | |
| m | | |
| n | | |
| o | | |
| p | | |
| q | | |
| r | | |
| s | | |
| t | | |

# Upstairs
## 安妮的日記

**❶ 動詞 spend**

🎧L21 Story

　　寫出《安妮的日記》（*The Diary of Anne Frank*）的作者安妮，是一位猶太少女，出生在第二次世界大戰時。那時因為德國納粹屠殺猶太人，為了躲避德國納粹，猶太人必須逃到別的國家或是躲起來生活。而記下當時事件的，就是這本《安妮的日記》了。

　　在1944年2月19日的日記中，因為擔心被德國納粹發現，正在做菜的安妮就裝出一切都很正常的樣子。

### I spent nearly an hour preparing
### the meatballs upstairs.
（我在樓上花了快一個小時準備肉丸子。）

今天的
文法

文法❶：動詞 spend

## I <u>spent</u> nearly an hour preparing
## the meatballs upstairs.

關鍵字：upstairs 樓上

## STEP 1

**這句中文的英文怎麼說？**

# 我花了 / 快一個小時 / 準備肉丸子 / 在樓上

　　一邊擔心被德國納粹發現，一邊還得過日子的安妮，真的讓人覺得好心疼哦！

　　和她比起來，我們似乎過著很幸福的生活，不是嗎？

　　我們先把句子用中文整理一下囉！

☞ **安妮幾乎花了一個小時在樓上準備肉丸子。**

**試試看！在空格裡寫出一樣的英文！**

✏ 我花了 → I spent _____

✏ 我花了 / 快一個小時 → I spent / nearly an hour

_____ / _____

✏ 我花了 / 快一個小時 / 準備肉丸子 →
I spent / nearly an hour / preparing the meatballs

_____ / _____

✏ 我花了 / 快一個小時 / 準備肉丸子 / 在樓上 →
I spent / nearly an hour / preparing the meatballs / upstairs

_____ / _____ / _____

216

## STEP 2

### 由關鍵字upstairs帶出的句型大變身

# I spent + 時間 + 動詞ing
### 我　花了　　　時間　　　做某事

關鍵字「upstairs」所帶出的基本句型，就像上面的句子一樣。
現在我們來造幾個句子吧！

❶ 我花了三十分鐘打掃廁所。

（ 我花了 / 三十分鐘 / 打掃 / 廁所 ）

→ I spent  thirty minutes cleaning  the bathroom.

對照原文： I spent  nearly an hour preparing  the meatballs upstairs.

❷ 我花了兩個小時做作業。

（ 我花了 / 兩個小時 / 做作業 ）

→ I **spent** two hours do**ing** my homework.

咕嚕～咕嚕

解答：P. 245

提示 拖地：mop

提示 看：watch

你也可以做得到！

請填滿下面的空格。

1. 我花了 / 一小時 / 拖 / 地板

→ I spent an hour _____ the _____ .

2. 我花了 / 兩小時 / 看 / 錄影帶

→ I spent two hours _____ the _____ .

## STEP 3
### 今天的文法&代換練習

# I spent nearly an hour preparing the meatballs upstairs.

看了這個句子，我們可以了解動詞 spend 的性質。

 **文法❶** 動詞 spend 的性質

動詞 spend 的受詞主要是「時間」（有時也可用在「金錢」上面），然後會接上 -ing 形態的動詞。我們來看看下面的例句吧！

spend + **時間受詞** + **動詞**ing → 花了多少時間做某件事

例 I **spent** this weekend **reading** books.
　　spend +　　時間受詞　　+動詞ing
（我花了這個週末讀書。）

例 He **spent** last Sunday **climbing** the mountain with his friends.
　　spend +　　時間受詞　　+動詞ing
（他花了上星期日和朋友們去爬山。）

例 She **spent** two hours **knitting** the sweater.
　　spend +　　時間受詞　　+動詞ing
（她花了兩個小時編織這件毛衣。）

例 They **spent** three months **touring** Europe last year.
　　spend +　　時間受詞　　+動詞ing
（他們去年花了三個月的時間遊歐洲。）

我們看例句的時候，可以發現動詞 spend（過去形態 spent）後面的動詞是 -ing 形態吧！如果再仔細想一想，會發現「動詞ing」的前面其實省略了介系詞 in 哦！in 這個字在很多情況下幾乎不使用，大家也可以多多學習這個部分哦！

好！直接代換試試看！

解答：P. 245

1. 校長先生花了快三十分鐘演講。

→ The principal _____ nearly 30 _____ making a speech.

2. 我弟弟花了一個小時玩拼圖遊戲。

→ My brother spent an _____ _____ the puzzle.

3. 她花了很多錢在衣服上。

→ She _____ _____ money on the _____ .

## STEP 4

### 用關鍵字製作自己的中英字典

☞ 《安妮的日記》關鍵字是？ upstairs

☞ 關鍵句是？

## I spent nearly an hour preparing the meatballs upstairs.

現在，就讓我們和安妮一起，悄悄地製作中英字典吧！

Let's get started! 開始吧！

**N 名詞：flower 花**
I spent fifteen minutes watering flowers.
（我花了十五分鐘澆花。）

**V 動詞：move 移動**
I spent nearly forty minutes moving my furniture.
（我花了快四十分鐘移動我的傢俱。）

**N 名詞：thesis 論文**
I spent six months writing my thesis.
（我花了六個月寫論文。）

那麼，現在我們直接來製作中英字典吧！

首先，我想寫出這個句子：「我花了二十分鐘掃地。」那麼我們只要在已學過的句子裡，改填入「清掃」這個詞就好了，是吧！

好！那我們來填一填以下的空格，然後用我們想要學習的單字，製作屬於自己的中英字典吧！

解答：P. 245

製作自己的中英字典

| 中文 | 英文單字 | 例句 |
|------|----------|------|
| 清掃 | | I spent twenty minutes _____ the floor.<br>（我花了二十分鐘掃地。） |
| | | |

**BONUS!** 舉一反十！單字連鎖記憶法！

　　我們用基本句型裡出現的單字 meatball，來學學另外幾個單字吧！
meat 是「肉」的意思，在這裡還藏了 eat 這個字對吧！我們用 eat 來學學
幾個單字好了！

　　beat 的意思是「打」，而 cheat 的意思是「欺騙」，它也有另一個意思，
就是用不當方式考試的「作弊」。feat 的意思是「業績」，heat 是「熱氣」，
neat 是「整潔的」，seat 是「座位」，而 wheat 則是「小麥」的意思哦！

　　那麼，今天的單字就通通串在一起囉！

## eat - beat - cheat - feat - heat - meat
　吃　　　打　　　欺騙　　　業績　　　熱氣　　　肉

## neat - seat - wheat
　整潔的　　　座位　　　小麥

| 英文字母 | 關鍵字 | 句子 |
|---|---|---|
| a | | |
| b | | |
| c | | |
| d | | |
| e | | |
| f | | |
| g | | |
| h | | |
| i | | |
| j | | |
| k | | |

| 英文字母 | 關鍵字 | 句子 |
|---|---|---|
| l | | |
| m | | |
| n | | |
| o | | |
| p | | |
| q | | |
| r | | |
| s | | |
| t | | |
| u | | |

# Village
## 湯姆歷險記

**① 動詞 seem**

🎧 L22 Story

　　馬克・吐溫的小說《湯姆歷險記》（*The Adventures of Tom Sawyer*）中，主角湯姆和他的朋友們，是一群活潑好動又愛冒險的闖禍精。有一天，湯姆和朋友貝琪一起去郊遊，他們走進一個洞穴，因為迷路所以停了下來。為了要找湯姆和貝琪，村莊裡的人翻遍了整個村莊，甚至走到村莊外面找他們。那時出現了以下的句子：

### The village seemed empty and dead.
（這個村莊看起來空蕩蕩的而且死氣沉沉。）

今天的
文法

關鍵字：village 村莊

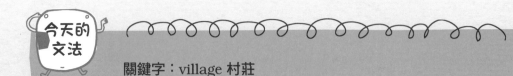

## The village seemed empty and dead.

文法**①**：動詞 seem

The village seemed empty and dead.

## STEP 1
### 這句中文的英文怎麼說？

# 村莊 / 看起來 / 空無一人且死氣沉沉

唷呵！像湯姆和貝琪一樣，隨便跑到危險的地方是不行的哦！
不管要去哪裡，一定要告訴父母哦，大家都知道了嗎？

我們先把句子用中文整理一下囉！

☞ **村莊看起來空蕩蕩的沒有人，而且死氣沉沉的。**

 試試看！在空格裡寫出一樣的英文！

🖊 村莊 → The village ▢

🖊 村莊 / 看起來 → The village / seemed

▢ /

🖊 村莊 / 看起來 / 空無一人且死氣沉沉 →
The village / seemed / empty and dead

▢ / /

226

## STEP 2

### 由關鍵字village帶出的句型大變身

# 主詞 + seem + 形容詞

主詞　　　　　看起來…

關鍵字「village」所帶出的基本句型，就像上面的句子一樣。

很簡單是吧！現在我們來造幾個句子吧！

**❶ 那男孩看起來很生氣。**

（ 那男孩 / 看起來 / 生氣 ）

→ The boy  seemed  angry.

對照原文：The village  seemed  empty and dead.

**❷ 這車子看起來很貴。**

（ 這車子 / 看起來 / 貴 ）

→ The car **seemed** expensive.

你也可以做得到！

解答：P. 245

請填滿下面的空格。

🖉 1. 那女孩 / 看起來 / 受歡迎

→ The ＿＿＿＿＿＿ seemed ＿＿＿＿＿＿ .

🖉 2. 那男孩 / 看起來 / 很詭異

→ The ＿＿＿＿＿＿ seemed ＿＿＿＿＿＿ .

## STEP 3
今天的文法&代換練習

# The village seemed empty and dead.

看看這個句子，我們再來學學看，和動詞 seem 性質相似的動詞吧！

 今天的 **文法①** 動詞 seem 的性質

下面的這些動詞，都會在後面接上形容詞哦！

在《賣火柴的小女孩》故事裡，我們已經學到了「視、聽、覺」三種感官動詞接動詞原形的用法，現在我們要來學習不同的感官動詞接形容詞的用法。

除了「視、聽、覺」之外，再加上「聞、味」這兩個字吧！那麼就會出現五種感官動詞了，我們把它們用英文字母的順序來記看看吧！

- 視（看起來…）→ appear, look, seem
- 聽（聽起來…）→ sound
- 覺（感覺到…）→ feel ⎫ ＋ 形容詞
- 聞（聞起來…）→ smell
- 味（吃起來…）→ taste

大家覺得如何？記得很輕鬆是吧！那麼我們來看看例句吧！

- You <u>look</u> smart.（你看起來很聰明。）
  look + 形容詞
- That <u>sounds</u> strange.（那聽起來很奇特。）
  sound + 形容詞
- The silk <u>feels</u> soft.（這蠶絲感覺起來很柔軟。）
  feel + 形容詞
- Your feet <u>smell</u> terrible.（你的腳聞起來味道很糟。）
  smell + 形容詞
- The pizza <u>tastes</u> delicious.（披薩吃起來很美味。）
  taste + 形容詞

　　動詞 look、sound、feel、smell、taste 後面全都要接「形容詞」哦！大家都藉由例句確認過了吧！在生活中想要活用這些文法規則的話，一定要把文法好好地放進自己的腦袋裡頭，記得牢牢的唷！用關鍵字來記句子的話，句子裡出現的文法也能全部了解，這是只有這本書才有的文法學習方式！大家一定要記住囉！

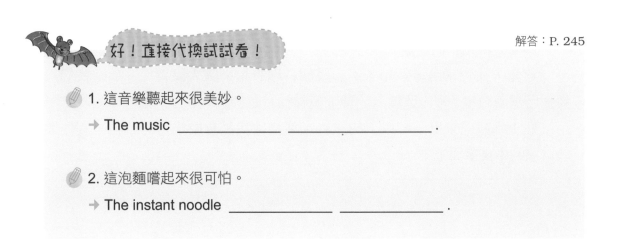

解答：P. 245

好！直接代換試試看！

✏ 1. 這音樂聽起來很美妙。

→ The music ＿＿＿＿＿＿＿ ＿＿＿＿＿＿＿ .

✏ 2. 這泡麵嚐起來很可怕。

→ The instant noodle ＿＿＿＿＿＿ ＿＿＿＿＿＿ .

## STEP 4
### 用關鍵字製作自己的中英字典

☞ 《湯姆歷險記》的關鍵字是？ village

☞ 關鍵句是？

## The village seemed empty and dead.

現在，就讓我們和湯姆一起製作中英字典吧！

Let's get started! 開始吧！

Ⓝ 名詞：aunt 阿姨
My aunt seemed sad.
（我的阿姨看起來很悲傷。）

Ⓥ 形容詞：lonely 孤單的
The young man seemed lonely.
（那個年輕人看起來很孤單。）

Ⓝ 名詞：dormitory 學生宿舍
The dormitory seemed huge.
（學生宿舍看起來很大。）

那麼，現在我們直接來製作中英字典吧！

首先，我想寫出這個句子：「這個料理看起來讓人反胃。」那麼我們只要在已學過的句子裡，改填入「讓人反胃的」這個詞就好了，是吧！

好！那我們來填一填以下的空格，然後用我們想要學習的單字，製作屬於自己的中英字典吧！

製作自己的中英字典

解答：P. 245

| 中文 | 英文單字 | 例句 |
|------|----------|------|
| 讓人反胃的 | | The food seemed _____.<br>（這道菜看起來讓人反胃。） |
| | | |

**BONUS!** 舉一反十！單字連鎖記憶法！

　　我們用基本句型裡出現的單字 dead，來學學其他不同的字吧！

　　把 ead 的第一個字 d，用英文字母的順序換成別的字母試試看！ ead 是「珠子」的意思，「串珠工藝」大家應該常常聽到吧！ ead 是「頭」，ead 是「帶領」的意思，但若把 ead 當作名詞來用，就變成「鉛」的意思，請大家記住囉！還有 ead 是「讀」的意思，這個字應該早就知道了吧！

　　那麼，今天的單字就通通串在一起囉！

bead - dead - head - lead - read

珠子　　死亡　　頭　　領導，鉛　　讀

bead

挑戰！ 記住本書23句　用英文字母的提示將前一課的關鍵字和句子默寫出來吧！

| 英文字母 | 關鍵字 | 句子 |
|---|---|---|
| a | | |
| b | | |
| c | | |
| d | | |
| e | | |
| f | | |
| g | | |
| h | | |
| i | | |
| j | | |
| k | | |

| 英文字母 | 關鍵字 | 句子 |
|---|---|---|
| l | | |
| m | | |
| n | | |
| o | | |
| p | | |
| q | | |
| r | | |
| s | | |
| t | | |
| u | | |
| v | | |

233

# Water
## 狐狸與山羊

❶ ask ~ whether

🎧L23 Story

　　這次的作品是《伊索寓言》（*Aesop's Fables*）裡面的故事——「狐狸與山羊」。有一隻狐狸在井邊喝水時，不小心掉進井裡面去了。狐狸為了逃出來，就對經過井邊的山羊，說了很多好聽話來騙他下來。山羊就問狐狸一個問題：

## He asked the fox whether the water was good and plentiful.
（他問狐狸這井水是否又好喝又充沛。）

　　之後狐狸就利用山羊爬出井外，而山羊卻代替狐狸掉進井裡面去了。這個故事給了我們一個教訓，就是 "Look before you leap.（三思而後行）"

今天的
文法

文法❶：ask ~ whether　　　　關鍵字：water 水

## He asked the fox whether the water was good and plentiful.

He asked the fox whether the water was good and plentiful.

235

## STEP 1
這句中文的英文怎麼說？

# 他問了 / 狐狸 / 水是否 / 好喝又充沛

大家應該不會像山羊一樣，做出這麼愚蠢的事情吧！

常常在做事情之前三思而後行，將來就會變成聰明有智慧的大人哦！請大家別忘了！

我們先把句子用中文整理一下囉！

☞ 他問狐狸：「**這井水是否又好喝又充沛？**」

 試試看！在空格裡寫出一樣的英文！

🖉 他問了 → He asked ⬛

🖉 他問了 / 狐狸 → He asked / the fox

⬛⬛⬛ / ⬛⬛⬛

🖉 他問了 / 狐狸 / 水是否 →
He asked / the fox / whether the water

⬛⬛⬛ / ⬛⬛⬛ / ⬛⬛⬛

🖉 他問了 / 狐狸 / 水是否 / 好喝又充沛 →
He asked / the fox / whether the water / was good and plentiful

⬛⬛⬛ / ⬛⬛⬛ / ⬛⬛⬛ / ⬛⬛⬛

## STEP 2

### 由關鍵字water帶出的句型大變身

# He asked 人 whether 主詞 + 動詞
### 他　　問　　人　　　　　主詞是否 ～

關鍵字「water」所帶出的基本句型，就像上面的句子一樣。

在這裡的 whether 有「是否…」的意思。在這類型的句子裡，也可以把 whether 換成 if 來使用哦！

## ❶ 他問我是否見到了作家。

（ 他問了 / 我 / 是否 / 我見到了作家 ）

→ He asked  me  whether  I met the writer.

**對照原文：** He asked  the fox  whether  the water was good and plentiful.

一般來說，if比較常用在「假如…」的意思，不過它在特定動詞的後面，可以當作「是否…」的意思來使用，請大家要注意一下哦！現在我們來造幾個句子吧！

等一下

## ❷ 他問她是否中意那棟房子。

（ 他問了 / 她 / 是否 / 她中意那棟房子 ）

→ He **asked** her **if** she liked the house.

你也可以做得到！

請填滿下面的空格。

解答：P. 245

提示 有名的：famous
提示 禮物：present

✎ 1. 他問了 / 我們 / 是否 / 這間餐廳有名

→ He asked _____ whether the restaurant _____ _____ .

✎ 2. 他問了 / 她 / 是否 / 她喜歡這個禮物

→ He asked _____ whether she _____ the _____ .

## STEP 3
### 今天的文法&代換練習

# He asked the fox whether
# the water was good and plentiful.

看了這個句子，我們可以了解和「ask ~ whether」類似的動詞有怎樣的性質。

## ask ~ whether

像是 ask（問）、know（知道）、see（看）、wonder（納悶；想知道）這類的動詞，後面加上 if 或是 whether 的話，就會變成「是否⋯」的意思。在句子裡使用 if 時表示的是什麼意思，大家可要小心確認哦！那麼下面我們來看看例句，好好地記下這些字吧！

```
ask
know      + ~ if（whether）  →  ~ 是否⋯
see
wonder
```

• My father asked me if I wanted to marry her.
（爸爸問我是否想要和她結婚。）

• I want to know if you can come to my birthday party.
（我想知道你是否可以來我的生日派對。）

• He opened the door to see if there is a man in the room.
（他開了門看看是否有人在房間裡。）

• I wonder if you want to be an interpreter when you grow up.
（我想知道你長大後是否想成為一個口譯員。）

好！直接代換試試看！

1. 我想知道這個禮物是不是玩具。

→ I ＿＿＿＿＿ ＿＿＿＿＿ the present ＿＿＿＿＿ a ＿＿＿＿＿.

2. 我想知道我看起來是否年輕。

→ I want to ＿＿＿＿＿ ＿＿＿＿＿ I ＿＿＿＿＿ ＿＿＿＿＿＿＿.

**BONUS!** 舉一反十！單字連鎖記憶法！

我們用基本句型裡出現的單字 good，來學學其他不同的字吧！

good 這個字的第一個字母是 g，把它換成 f 的話就變成 food，也就是「食物」的意思。那麼「食物中毒」的英文要怎麼寫呢？就是 food poisoning 囉！

hood 的意思是「頭巾」，mood 是「心情」，而 wood 則是「樹木」的意思。

那麼，今天的單字就通通串在一起囉！

| food | - | good | - | hood | - | mood | - | wood |
|------|---|------|---|------|---|------|---|------|
| 食物 | | 好 | | 頭巾 | | 心情 | | 樹木 |

## STEP 4

### 用關鍵字製作自己的中英字典

☞ 《狐狸與山羊》的關鍵字是？ **water**

☞ 關鍵句是？

**He asked the fox whether the water was good and plentiful.**

現在，讓我們把愚蠢的山羊放到中英字典裡去吧！

Let's get started! 開始吧！

**N** 名詞：pear 梨子

He asked me whether I liked pears.

（他問我是否喜歡梨子。）

**V** 動詞：clean 清理

He asked her whether she cleaned the room.

（他問她是否清理過房間了。）

**N** 名詞：surgeon 外科醫生

He asked me whether the surgeon examined me.

（他問我那外科醫生是不是替我檢查了。）

那麼，現在我們直接來製作中英字典吧！

首先，我想寫出這個句子：「他問我是否她作了這首曲子。」那麼我們只要在已學過的句子裡，改填入「作曲」這個詞就好了，是吧！

好！那我們來填一填以下的空格，然後用我們想要學習的單字，製作屬於自己的中英字典吧！

製作自己的中英字典

解答：P. 245

| 中文 | 英文單字 | 例句 |
|------|---------|------|
| 作曲 |  | He asked me whether she ＿＿＿＿＿ the music.<br>（他問我是否她作了這首曲子。） |
|  |  |  |

學習英文真是很漫長的一條路啊！當大家闔上這本書的那一瞬間，應該會感覺自己的英文一下子變好了吧！

如果不想要失去現在的英文實力，一定要繼續用心學習並好好努力！大家一定要記住哦！

真的很感謝大家相信這本書的學習方法！

那麼最後，請大家一句一句、完整地寫出我們學過的23句話吧！

| 英文字母 | 關鍵字 | 句子 |
|---|---|---|
| a | | |
| b | | |
| c | | |
| d | | |
| e | | |
| f | | |
| g | | |
| h | | |
| i | | |
| j | | |
| k | | |

| 英文字母 | 關鍵字 | 句子 |
|---|---|---|
| l | | |
| m | | |
| n | | |
| o | | |
| p | | |
| q | | |
| r | | |
| s | | |
| t | | |
| u | | |
| v | | |
| w | | |

哇!太棒了!23句
超好用的句子這
樣就記住了!

解答
Answer

**A** 木偶奇遇記

p25 1.I am teaching / how to  2.puppy / dance  p27 1.send  2.read
p28 1.eating  2.cleaning  p29 1.when  2.how  p31 customer

**B** 綠野仙蹤

p35 1.I will make  2.excited  p37 1.will eat  2.will go  p38 1.make  2.clever
p39 1.smaller  2.prettier  p41 confident

**C** 長腿叔叔

p46 1.don't want you to  2.want you to  p48 1.persuaded / study  2.wanted / draw
p49 1.know / earth / round  2.noticed / she was  p51 criminal

**D** 森林王子

p55 1.movie / me  2.toy / girl  p57 1.helped  2.Let  p59 refrain

**E** 小氣財神

p63 1.They didn't devote / to  2.afternoon / studying  p66 1.regard / as  2.mixed / with
p69 religion

**F** 賣火柴的小女孩

p73 1.carpenter  2.cry  p75 1.saw / play / game  2.felt / float  p77 forge

**G** 快樂王子

p81 1.His friend / watch  2.His father / to / him
p84 1.nothing to  2.something to  3.ambition to  4.right to  5.chance to  p87 deliver

**H** 祕密花園

p91 1.It is hard for / to  2.my nephew / get along  p93 1.It is / to  2.It is / to  p95 achieve

**I** 格列佛遊記

p99 1.I was tired of (I was weary of)  2.playing / piano  p100 1.late for  2.proud of
p101 1.for meeting  2.for fixing  p103 1.trust / professor  2.professor / trusted / me  p105 nephew

**J** 小婦人

p110 1.turned on  2.put on  3.read / many  4.look after  p112 1.turned down  2.called off
p114 uncomfortable

**K** 湯姆叔叔的小屋

p119 1.studying / library  2.I remember winning  p121 1.seeing  2.to take  3.meeting
p123 recommending

## 出現在這本書的世界名著

**A 木偶奇遇記**

卡洛·科洛迪原著，1883年出版。故事敘述一個用木頭做成的小木偶——皮諾丘，雖然只會搗蛋又愛說謊，但是當他經歷了許多的冒險，最後選擇待在爺爺身邊，變成一個善良的孩子，成為真正人類的故事。

**B 綠野仙蹤**

李曼·法蘭克·鮑姆原著，1900年出版。在一陣旋風中飛到奧茲國的桃樂絲遇到了想要擁有智慧的稻草人、想要擁有心臟的鐵皮人，還有想要變勇敢的獅子，他們一起經歷了許多冒險。

**C 長腿叔叔**

珍·韋伯斯特原著，1912年出版。少女茱蒂雖然在孤兒院長大，個性卻很活潑開朗，她受到一位紳士（長腿叔叔）的幫助，不但上了大學，還成為充滿氣質的淑女。

**D 森林王子**

吉普林原著，1894年出版。在森林裡被狼群養育的少年毛克利，成為了森林王子而長大，後來遇見人類而離開森林的冒險故事。

**E 小氣財神**

查爾斯·狄更斯原著，1843年出版。吝嗇的老頭子史盧基在聖誕夜遇見代表「過去、現在和未來」的幽靈，讓他重生為善良的人。

**F 賣火柴的小女孩**

安徒生原著。聖誕節前夕，又冷又餓的賣火柴女孩想要點火柴來取暖，但最後她還是一盒火柴也沒賣出去就凍死了，後來見到了在天上的奶奶。

**G 快樂王子**

奧斯卡·王爾德原著，1888年出版。王子的銅像鑲滿黃金和寶石，他拜託要飛去南方的燕子，把自己身上的寶石一一分送給窮人。

**H 祕密花園**

法蘭西斯·勃內特原著，1909年出版。主角瑪麗失去父母而前往英國的叔叔家，在那棟房子裡發現一座祕密花園，並幫助體弱多病的小孩柯林恢復健康。

**I 格列佛遊記**

強納生·斯威夫特原著，1726年出版。這是描述主角格列佛去到小人國、巨人國、沉迷於科學實驗的天空之島，還有比人更優秀的馬國旅行的冒險故事。

**J 小婦人**

露意莎·梅·奧爾柯特原著，1868年出版。這是描述善良又誠實的梅格、熱愛文學的喬、喜愛音樂的貝絲，還有愛畫畫的艾美，這四位姊妹美好的成長故事。

**K 湯姆叔叔的小屋**

史托夫人原著，1852年出版。這故事描述身為奴隸的湯姆叔叔悲慘的奴隸生涯，碰到壞主人並受到各種虐待。

**L 愛麗絲鏡中奇緣**

路易斯·卡羅原著，1871年出版。主角愛麗絲去到一個所有東西都顛倒相反的鏡子國，遇見白女王、紅心女王和崔德兄弟所經歷的冒險故事。

**M 彼得潘**

詹姆斯・馬修・巴利原著，1904年出版。不想變成大人的男孩彼得潘，帶著溫蒂和她的弟弟們去夢幻島，一起過著快樂的生活，是一個充滿幻想的故事。

**N 小公子**

法蘭西斯・柏納特原著，1886年出版。和媽媽一起過著貧窮生活的賽得里克，去到住在英國的有錢爺爺家裡，和爺爺恢復了信賴關係並且過得更幸福。

**O 阿拉丁神燈**

作者不詳，十五世紀時完成。是在《一千零一夜》裡面的一個故事。善良的阿拉丁擁有可以實現任何願望的神燈，這是他和壞魔法師對決的故事。

**P 阿爾卑斯山的少女海蒂**

喬安娜・史畢麗原著，1880年出版。主角海蒂失去了父母，被帶到阿爾卑斯牧場的爺爺那裡居住，即使在困難的環境中，她還是樂觀又開朗，並幫助身體不好的女孩克拉拉，是一個很溫馨的故事。

**Q 人面巨石**

納撒尼爾・霍桑原著。這故事敘述從小就孤僻又敏感的歐內斯特，經常遙望著人面巨石、與它對話，後來因巨石的教導，使他逐漸成長為一個正直又賢明的人。

**R 小公主**

法蘭西斯・伯納特原著，1888年出版。讀私立學校的莎拉，在某一天爸爸失去了所有財產，她就在學校打零工來維持生活，後來遇見爸爸的朋友而過著幸福的生活。

**S 清秀佳人**

露西・蒙哥瑪利原著，1908年出版。主角安雖然是孤兒，但她擁有溫暖的感性和豐富的想像力，在馬麗拉女士的家中居住時，內在與外在都有所成長的故事。

**T 小王子**

安東尼・聖艾修伯里原著，1943年出版。因為飛機故障而迫降在沙漠的飛行員，在那裡遇到一位小王子，並且聽小王子訴說關於他的小星球、玫瑰還有狐狸之間發生的特別遭遇，是一個啟發人心的故事。

**U 安妮的日記**

安妮・法蘭克原著，1947年出版。這是在第二次大戰期間，為了躲避德國納粹而藏在「隱密之家」過日子的安妮・法蘭克，在被德國納粹抓到之前所寫下的日記。

**V 湯姆歷險記**

馬克・吐溫原著，1876年出版。常常到處冒險的闖禍精湯姆和朋友們在密西西比河一帶經歷了各種冒險，最後並找到寶物的故事。

**W 狐狸與山羊**

伊索原著。這是生活在希臘時代的伊索，寫出的寓言裡其中一個故事。掉進井裡的狐狸，騙了經過井邊的山羊，讓自己可以出來，而山羊卻掉進井水中的故事。

# 我的中英字典大集合
## My English Vocabulary Bank

再複習一次本書出現過的單字和句子～

**A**

**achieve** [əˋtʃiv] 動 達成
It is hard for me to **achieve** my goals.
我要達成我的目標是很困難的。

**actor** [ˋæktɚ] 名 演員
He grew up to be an **actor**.
他長大成為一個演員。

**ant** [ænt] 名 螞蟻
I am teaching the **ants** how to count.
我正在教螞蟻怎麼算術。

**apple** [ˋæpl̩] 名 蘋果
She saw the boy pick the **apples**.
她看到那個男孩摘蘋果。

**article** [ˋɑrtɪkl̩] 名 文章
I don't want to read the **article**.
我不想讀這篇文章。

**aunt** [ænt] 名 阿姨
My **aunt** seemed sad.
我的阿姨看起來很悲傷。

**B**

**baby** [ˋbebɪ] 名 嬰兒
It is hard for her to take care of the **baby**.
她要照顧嬰兒是很困難的。

**badger** [ˋbædʒɚ] 名 獾
I remember seeing a **badger** in the mountain.
我記得我在這山上看過獾。

**bat** [bæt] 名 蝙蝠
There are no **bats** in the cave.
洞穴裡沒有蝙蝠。

**beggar** [ˋbɛgɚ] 名 乞丐
The boy is kind enough to help the **beggar**.
男孩善良到願意幫助乞丐。

**big** [bɪg] 名 大的
I will make the other a little **bigger**.
我要讓另一邊更大一些。

**body** [ˋbɑdɪ] 名 身體
We must never forget to keep our **body** healthy.
我們絕對不要忘記維持我們的身體健康。

**book** [bʊk] 名 書
I was weary of reading **books**.
我厭倦了讀書。

**borrow** [ˋbɑro] 動 借
She saw me **borrow** the comic books.
她看到我借漫畫。

**bully** [ˋbʊlɪ] 名 不良份子，惡霸
The boy is angry enough to hit the **bully**.
男孩生氣到去打那個惡霸。

**C**

**catch** [kætʃ] 動 抓
I remember **catching** a rabbit in the winter.
我記得我在冬天抓過兔子。

**clean** [klin] 動 清理
He asked her whether she **cleaned** the room.
他問她是否清理過房間了。

**coin** [kɔɪn]　名　硬幣
There are no *coins* in the piggy bank.
撲滿裡沒有硬幣。

**commute** [kə`mjut]　動　通勤
She used to *commute* to work by train.
她以前都坐火車通勤。

**compose** [kəm`poz]　動　作曲
I was weary of *composing* music.
我厭倦了作曲。

He asked me whether she *composed* the music.
他問我是否她作了這首曲子。

**confident** [`kɑnfədənt]
形　自信的
I will make you *confident*.
我要讓你變得有自信。

**cousin** [`kʌzn̩]
名　堂兄弟姊妹，表兄弟姐妹
I am teaching my *cousin* how to play the piano.
我正在教我堂妹怎麼彈鋼琴。

**coward** [`kauəd]　名　膽小鬼
I don't want you to think I am a *coward*.
我不希望你認為我是個膽小鬼。

**criminal** [`krɪmənl̩]　名　罪犯
I don't want you to be a *criminal*.
我不希望你成為一個罪犯。

**customer** [`kʌstəmə]　名　客人
I am teaching him how to be kind to *customers*.
我正在教他怎麼親切地對待客人。

**D**

**dance** [dæns]　動　跳舞
The sun makes the rocks *dance* in the heat.
太陽讓石頭熱得跳起舞來。

**deliver** [dɪ`lɪvə]　動　遞送
My nephew has nothing to *deliver* today.
我姪子今天沒有東西要遞送的。

**develop** [dɪ`vɛləp]
動　沖洗（照片）
I will finish *developing* the pictures by seven.
我會在七點之前沖洗好照片。

**disgusting** [dɪs`gʌstɪŋ]
形　讓人反胃的
The food seemed *disgusting*.
這食物看起來讓人反胃。

**dormitory** [`dɔrmə,torɪ]
名　學生宿舍
The *dormitory* seemed huge.
學生宿舍看起來很大。

**dresser** [`drɛsə]　名　化妝台
He ordered that I carry the *dresser*.
他命令我搬化妝台。

**E**

**eat** [it]　動　吃
He order that I *eat* the noodle.
他要求我吃麵。

**eliminate** [ɪ`lɪmə,net]　動　除去
It won't take long to *eliminate* the bugs.
除蟲不會花太久的時間。

**enjoy** [ɪn`dʒɔɪ]　動　享受
I am teaching my child how to *enjoy* music.
我正在教我的小孩怎麼享受音樂。

249

**evening** [ˈivnɪŋ] 名 夜晚
They didn't devote the whole *evening* to music.
他們沒有投入整個夜晚給音樂。

**explain** [ɪkˈsplen] 動 說明
The teacher devoted thirty minutes to *explaining* what global warming is.
老師投入了三十分鐘來說明何謂全球暖化。

**F**

**famous** [ˈfeməs] 形 有名的
I will make my doll *famous*.
我要讓我的娃娃變得有名。

**feast** [fist] 名 宴席
She saw a marvelous *feast* spread before her.
她看到一場盛大的宴席在她眼前展開。

**feed** [fid] 動 餵食
I will finish *feeding* the pigs in ten minutes.
我會在十分鐘後餵完豬。

**find** [faɪnd] 動 找
It won't take long to *find* the missing child.
要找那個失蹤的小孩不用花太久的時間。

**floor** [flor] 名 地板
I don't want to clean the *floor*.
我不想清地板。

**flower** [ˈflauɚ] 名 花
I spent fifteen minutes watering *flowers*.
我花了十五分鐘澆花。

**forge** [fɔrdʒ] 動 偽造
She saw the man *forge* the passport.
她看到那個男人偽造護照。

**G**

**garbage** [ˈgɑrbɪdʒ] 名 垃圾
It won't take long to throw away the *garbage*.
倒垃圾不會花太久的時間。

**girl** [gɝl] 名 女孩
I will make the *girl* thin.
我要讓這女孩變得苗條。

**give** [gɪv] 動 給予
His mother has nothing to *give* him but river water.
他的媽媽除了河水以外，沒有什麼可以給他。

**H**

**happy** [ˈhæpɪ] 形 幸福的
I am teaching them how to be *happy*.
我正在教他們怎麼變得幸福。

**hard** [hɑrd] 形 困難的
It is *hard* for my mother to feed them all.
我的媽媽要餵飽他們全部是很困難的。

**have** [hæv] 動 擁有
The Bible makes my aunt *have* a deep faith.
聖經讓我姑姑擁有很深的信仰。

**help** [hɛlp] 動 幫助
We must never forget to *help* the homeless.
我們絕對不要忘記去幫助無家可歸的人。

**historian** [hɪsˈtorɪən] 名 歷史學家
He grew up to be a *historian*.
他長大成為一個歷史學家。

**I**

**insect** [ˈɪnsɛkt] 名 昆蟲
I will finish observing the *insects* in two hours.
我會在兩小時後完成昆蟲的觀察。

**island** [ˈaɪlənd] 名 島
I was weary of being confined to an *island*.
我已經厭倦了被關在島上。

**J**

**jacket** [ˈdʒækɪt] 名 夾克
She put on her hat and *jacket* as noiselessly as possible.
她盡可能安靜地穿戴她的帽子和夾克。

**jail** [dʒel] 名 監獄
We must never forget to get him out of *jail*.
我們絕對不要忘記要讓他脫離監獄。

**K**

**keep** [kip] 動 維持
It is hard for us to *keep* nature clean.
我們要維持大自然的乾淨是很困難的。

**kill** [kɪl] 動 殺死
I don't want you to *kill* the king.
我不希望你殺死國王。

**knife** [naɪf] 名 刀
I remember seeing a great sharp bowie-*knife* on the table.
我記得我在桌上看到一把又大又鋒利的獵刀。

**L**

**ladder** [ˈlædɚ] 名 梯子
There are no *ladders* in the basement.
地下室沒有梯子。

**liar** [ˈlaɪɚ] 名 愛說謊的人
I don't want you to be a *liar*.
我不希望你變成愛說謊的人。

**life** [laɪf] 名 生命
She devoted her whole *life* to helping the poor.
她投入全部的生命去幫助貧窮的人們。

**lonely** [ˈlonlɪ] 形 孤單的
The young man seemed *lonely*.
那個年輕人看起來很孤單。

**long** [lɔŋ] 形 久的
It won't take *long* to see him off.
目送他離開不會花太久的時間。

**M**

**magazine** [ˌmæɡəˈzin] 名 雜誌
It won't take long to read the *magazine*.
讀這本雜誌不會花太久的時間。

**man** [mæn] 名 男人，大人
I don't want to be a *man*.
我不想變成大人。

**meet** [mit] 動 見面
I was weary of *meeting* my boyfriend.
我厭倦了與我的男朋友見面。

**missing** [ˈmɪsɪŋ] 形 失蹤的
She is looking for her *missing* child.
她正在找尋她失蹤的孩子。

**mitten** [ˈmɪtn̩] 名 連指手套
She put on her favorite *mittens*.
她戴上了她最喜歡的連指手套。

**move** [muv] 動 移動
I spent nearly forty minutes *moving* my furniture.
我花了快四十分鐘移動我的傢具。

**N**

**necklace** [ˈnɛklɪs] 名 項鍊
She put on her *necklace* for the party.
她戴上項鍊去參加派對。

**nephew** [ˈnɛfju]
名 姪子，外甥
I was weary of taking care of my *nephew*.
我厭倦了照顧我的姪子。

**newspaper** [ˈnjuzˌpepɚ]
名 報紙
The boy is old enough to sell *newspapers*.
這男孩已大到可以去賣報紙了。

**nimble** [ˈnɪmbl̩] 形 敏捷的
The boy is *nimble* enough to catch the running rabbit.
男孩身手敏捷到可以去抓兔子。

**novel** [ˈnɑvl̩] 名 小說
The *novel* makes my uncle feel interested in science.
這本小說使我叔叔對科學產生了興趣。

**nurse** [nɝs] 名 護士
She used to be a *nurse*.
她以前是護士。

**O**

**order** [ˈɔrdɚ] 動 命令
He *ordered* that the palace be carried back to China.
他命令把這個宮殿移回中國去。

**P**

**package** [ˈpækɪdʒ] 名 行李
He ordered that I carry the *package*.
他命令我搬行李。

**pear** [pɛr] 名 梨子
He asked me whether I liked *pears*.
他問我是否喜歡梨子。

**performer** [pɚˈfɔrmɚ]
名 演奏家
He grew up to be a *performer*.
他長大成為一個演奏家。

**pickpocket** [ˈpɪkˌpɑkɪt]
名 扒手
She saw the *pickpocket* steal the money.
她看到那位扒手偷錢。

**playground** [ˈpleˌgraʊnd]
名 運動場
There are no balls on the *playground*.
運動場上沒有球。

**poem** [ˈpoɪm] 名 詩
The *poem* makes him feel happy.
這首詩讓他感到喜悅。

**poor** [pʊr] 形 貧窮的
The boy is *poor* enough to deliver newspapers every morning.
男孩窮到每天早上去送報紙。

**practice** [ˈpræktɪs] 動 練習
He devoted two hours a day to *practicing* playing the violin.
他一天投入兩個小時來練習小提琴。

**pray** [pre] 動 禱告
We must never forget to *pray*.
我們絕對不要忘記禱告。

**preserve** [prɪˈzɝv] 動 保育
We must never forget to *preserve* the forests.
我們絕對不要忘記保育森林。

**president** [ˈprɛzədənt]
名 董事長，社長
The *president* ordered that she leave the company.
董事長命令她離開公司。

**producer** [prə`djusɚ]
图 製片人
He grew up to be a *producer*.
他長大成為一個製片人。

**publish** [`pʌblɪʃ] 動 出版
I don't want to *publish* his book.
我不想出版他的書。

**Q**

**quiet** [`kwaɪət]
形 文靜的，安靜的
He grew up to be a mild and *quiet* boy.
他長大成為一個溫和又文靜的男孩。

**R**

**read** [rid] 動 讀
My father has nothing to *read* at the library.
我的爸爸在這圖書館裡沒有什麼想讀的。

**recommend** [ˌrɛkə`mɛnd]
動 推薦
I remember *recommending* the student.
我記得我推薦過那個學生。

**refrain** [rɪ`fren] 動 克制
His advice makes me *refrain* from drinking coke.
他的忠告使我克制喝可樂。

**relative** [`rɛlətɪv] 图 親戚
My *relative* has nothing to play with at the house.
我的親戚在那間房子裡沒有什麼可以玩的。

**religion** [rɪ`lɪdʒən] 图 宗教
She devoted most of her time to *religion*.
她投入大部分的時間在宗教上。

**restaurant** [`rɛstərənt]
图 餐廳
My cousin has nothing to eat at the *restaurant*.
我堂妹在這餐廳裡沒有什麼可吃的。

**room** [rum] 图 房間
She used to look into the warm *rooms*.
她以前總是看著溫暖的房間。

**S**

**sculptor** [`skʌlptɚ] 图 雕刻家
She used to be a *sculptor*.
她以前是個雕刻家。

**send** [sɛnd] 動 寄
I don't want to *send* him a text message.
我不想傳簡訊給他。

**shell** [ʃɛl] 動 剝殼
I will finish *shelling* them myself.
我會一個人剝完它們的。

**stop** [stɑp] 動 停下來
She used to *stop* by my office.
她以前總是停下來拜訪我的辦公室。

**surface** [`sɝfɪs] 图 表面
We will finish cleaning the window *surface* of the building by tomorrow.
我們會在明天之前清洗完這棟建築物的窗戶表面。

**surgeon** [`sɝdʒən]
图 外科醫生
He asked me whether the *surgeon* examined me.
他問我那外科醫生是不是替我檢查了。

**survivor** [sɚ`vaɪvɚ] 图 生還者
It is hard for the search party to rescue the *survivors* from the jungle.
搜索隊要從叢林裡救出生還者是很困難的。

**sweep** [swip] 動 清掃
I spent twenty minutes *sweeping* the floor.
我花了二十分鐘掃地。

**swimmer** [`swɪmɚ]
名 游泳選手
I will make the *swimmer* stronger.
我要讓那個游泳選手變得更強壯。

**T**

**thesis** [`θisɪs] 名 論文
I spent six months writing my *thesis*.
我花了六個月寫論文。

**tiger** [`taɪgɚ] 名 老虎
I remember seeing the *tiger* in the zoo.
我記得我在動物園裡看過那隻老虎。

There are no *tigers* on my planet.
我的星球上沒有老虎。

**train** [tren] 動 訓練
I am teaching her how to *train* monkeys.
我正在教她怎麼訓練猴子。

**train** [tren] 名 火車
I am teaching him how to repair a *train*.
我正在教他怎麼修理火車。

**U**

**uncomfortable** [ʌn`kʌmfɚtəbl̩]
形 不舒服的
She took off the *uncomfortable* shoes.
她脫掉了不舒服的鞋子。

**unhappy** [ʌn`hæpɪ]
形 不快樂的
I don't want you to be *unhappy*.
我不希望你不快樂。

**upstairs** [`ʌp`stɛəz] 副 樓上
I spent nearly an hour preparing the meatballs *upstairs*.
我在樓上花了快一個小時準備肉丸子。

**V**

**village** [`vɪlɪdʒ] 名 村莊
The *village* seemed empty and dead.
這個村莊看起來空無一人而且死氣沉沉的。

**W**

**water** [`wɔtɚ] 名 水
He asked the fox whether the *water* was good and plentiful.
他問狐狸這井水是否又好喝又充沛。

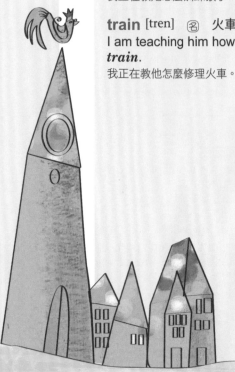

**國家圖書館出版品預行編目資料**

我的第一本親子英文文法／李康碩 著；張育菁 譯.
--初版.--【新北市中和區】：國際學村, 2011.12
　　面；　　公分

ISBN 978-986-6077-20-3 （軟精裝‧附MP3）

1. 英語　2. 語法

805.16　　　　　　　　　　　　100021535

 臺灣廣廈出版集團
Taiwan Mansion Books Group

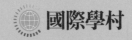 國際學村

# 我的第一本親子英文文法

| | | |
|---|---|---|
| 作者 WRITER | 李康碩 |
| 翻譯 TRANSLATOR | 張育菁 |
| 插圖 ILLUSTRATOR | 張元瑄 |
| 出版者 PUBLISHING COMPANY | 台灣廣廈出版集團 TAIWAN MANSION BOOKS GROUP |
| | 國際學村出版 |
| 發行人／社長 PUBLISHER／DIRECTOR | 江媛珍 JASMINE CHIANG |
| 地址 ADDRESS | 235-86 新北市中和區中山路二段359巷7號2樓 |
| | 2F, NO. 7, LANE 359, SEC. 2, CHUNG-SHAN RD., CHUNG-HO, |
| | NEW TAIPEI CITY, TAIWAN, R.O.C. |
| 電話 TELEPHONE NO | 886-2-2225-5777 |
| 傳真 FAX NO | 886-2-2225-8052 |
| 電子信箱 E-MAIL | TaiwanMansion@booknews.com.tw |
| 網址 WEB | http://www.booknews.com.tw |
| 總編輯 EDITOR-IN-CHIEF | 伍峻宏 CHUN WU |
| 執行編輯 EDITOR | 莊遠芬 CAMILLE CHUANG |
| 美術編輯 ART EDITOR | 許芳莉 POLLY HSU |
| 製版／印刷／裝訂 | 東豪／弼聖／慶成 |
| 代理印務及圖書總經銷 | 知遠文化事業有限公司 |
| 地址 | 222台北縣深坑鄉北深路三段155巷25號5樓 |
| 訂書電話 | 886-2-2664-8800 |
| 訂書傳真 | 886-2-2664-0490 |
| 港澳地區經銷 | 和平圖書有限公司 |
| 地址 | 香港柴灣嘉業街12號白樂門大廈17樓 |
| 電話 | 852-2804-6687 |
| 傳真 | 852-2804-6409 |
| 出版日期 | 2011年12月初版 |
| 郵撥帳號 | 18788328 |
| 郵撥戶名 | 台灣廣廈有聲圖書有限公司 |

（郵購4本以內外加50元郵資，5本以上外加100元）